哈啾！過敏的時候

成長風暴一起度過！美國圖書館聯盟最佳兒童圖像小說

Allergic

梅根・華格納・洛伊德（Megan Wagner Lloyd）／著
蜜雪兒・梅・納特（Michelle Mee Nutter）／繪
李貞慧／譯

小麥田

獻給 Lucy
M.W.L

獻給 Ethan
M.M.N

哈啾！過敏的時候
Allergic

小麥田圖像館

作者：梅根．華格納．洛伊德（Megan Wagner Lloyd）
繪者：蜜雪兒．梅．納特（Michelle Mee Nutter）／譯者：李貞慧
封面設計：劉曉樺／美術編排：傅婉琪
責任編輯：汪郁潔
國際版權：吳玲緯　楊靜／行銷：闕志勳　吳宇軒　余一霞／業務：李再星　李振東　陳美燕
總編輯：巫維珍／編輯總監：劉麗真　／發行人：凃玉雲
出版：小麥田出版／城邦文化事業股份有限公司
地址：104473 臺北市民生東路二段 141 號 5 樓／電話：886-2-25007696· 傳真：886-2-25001967
發行：英屬蓋曼群島商家庭傳媒股份有限公司城邦分公司／地址：臺北市中山區民生東路二段 141 號 11 樓
網址：http://www.cite.com.tw／客服專線：02-25007718；25007719／24 小時傳真專線：02-25001990；25001991
服務時間：週一至週五上午 09:30-12:00；下午 13:30-17:00／劃撥帳號：19863813／戶名：書虫股份有限公司
讀者服務信箱：service@readingclub.com.tw

香港發行所：城邦（香港）出版集團有限公司
地址：香港灣仔駱克道 193 號東超商業中心 1 樓／電話：852-25086231· 傳真：852-25789337
馬新發行所：城邦（馬新）出版集團／Cite(M) Sdn. Bhd. (458372U)
41-3, Jalan Radin Anum, Bandar Baru Sri Petaling,57000 Kuala Lumpur, Malaysia.
電話 : +6(03)-90563833／傳真 : +6(03)-90576622
讀者服務信箱 :services@cite.my

麥田部落格：http:// ryefield.pixnet.net
印刷：漾格科技股份有限公司
初版：2023 年 9 月／售價：420 元／ISBN：978-626-7281-29-1／EISBN：9786267281321（EPUB）

國家圖書館出版品預行編目 (CIP) 資料

哈啾！過敏的時候／梅根．華格納．洛伊德 (Megan Wagner Lloyd) 著；蜜雪兒．梅．納特 (Michelle Mee Nutter) 繪；李貞慧譯．-- 初版．-- 臺北市：小麥田出版：英屬蓋曼群島商家庭傳媒股份有限公司城邦分公司發行, 2023.09
面；　公分．--（小麥田圖像館）
譯自 : Allergic.
ISBN 978-626-7281-29-1(平裝)
874.59　　112009466

城邦讀書花園
www.cite.com.tw

第1章

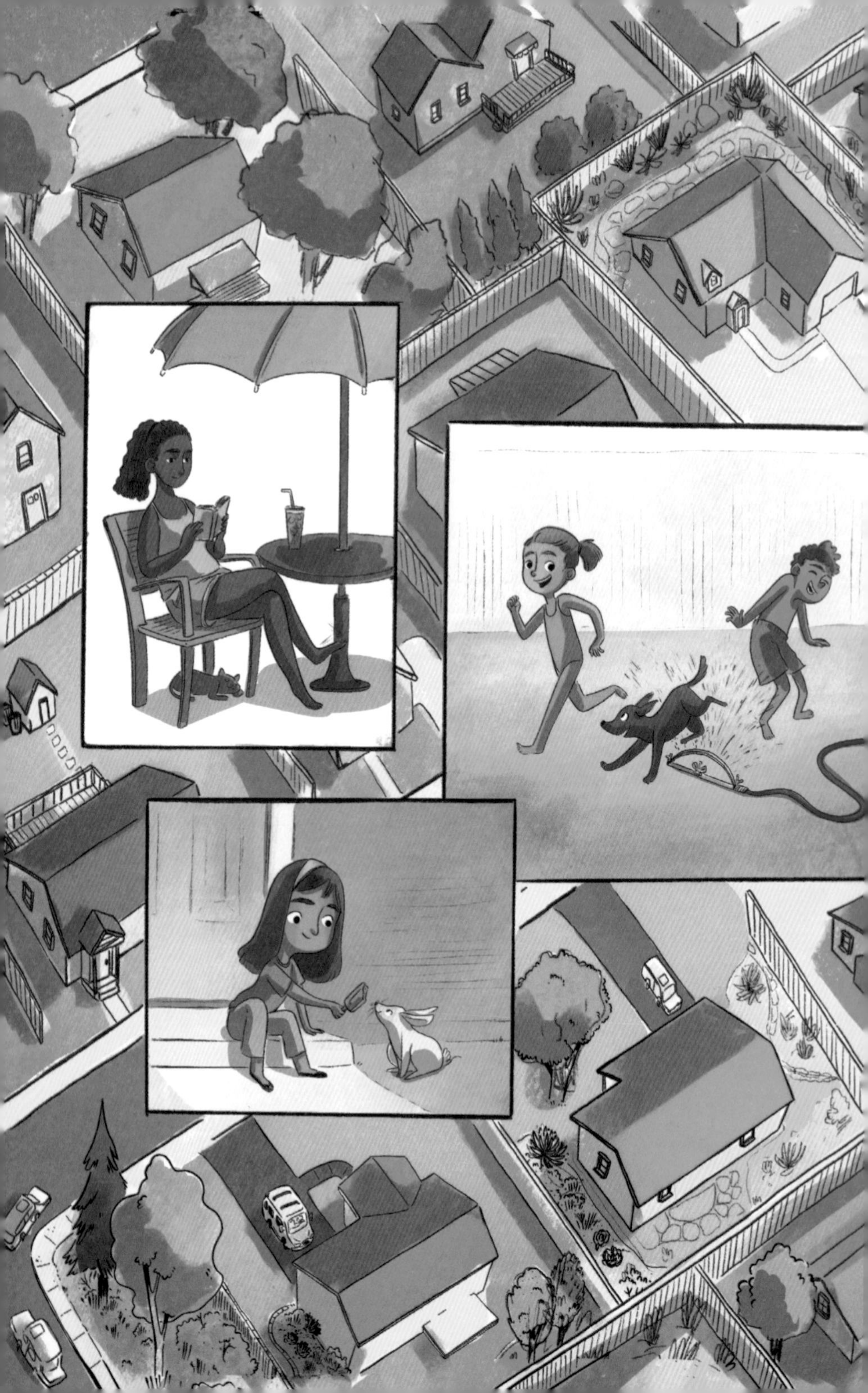

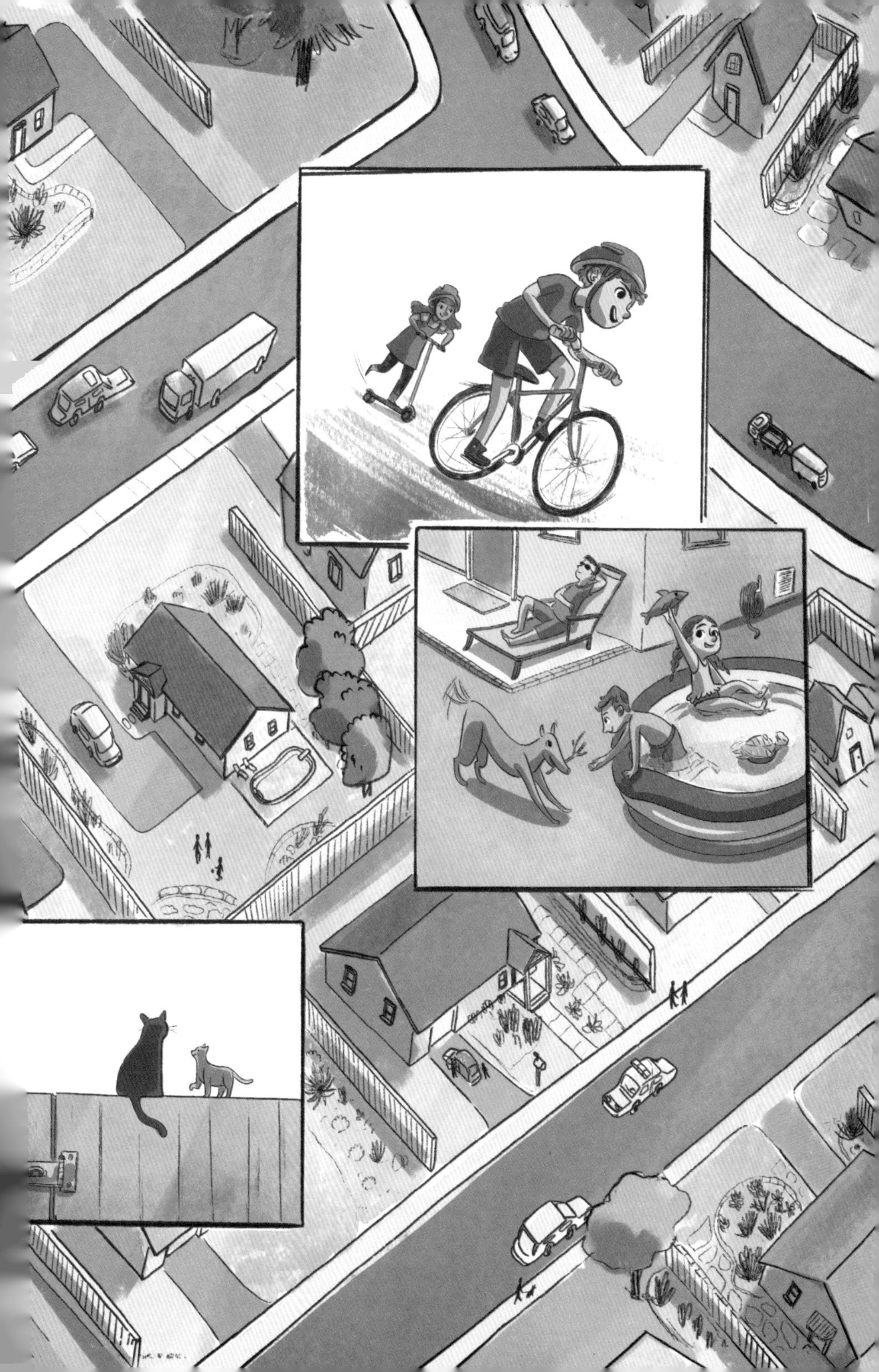

我滿十歲了，
今天將是我人生中最棒的生日。

我相信，

今天絕對是最棒的一天！

滋滋
翻面
啊啊啊
嘿嘿
啪
哇啊！
砰！
耶！
好球！

滋滋
嘶嘶
生日快樂！
來點鬆餅嗎？
現在就出發嗎？
生日快樂！
先走吧！早餐可以晚點再吃。
我要做瑜珈，
而且還沒開門呢。
唉
一切都會來得及。
生日女孩，先吃吧！
好吧！

一隻手放在
肚子上……
大口
大口
大口
另一隻手放在
心口上……
大力擠
吸氣——吐氣——
咕嚕
咕嚕
咕嚕
砰！
我們走吧！
我快做完了！

搖晃
跌倒！
敲
敲
敲
唉！
嚼
嚼
嚼
嚼
唰
唰
享受這一刻，
感受你的心靈
逐漸敞開。

媽，妳的心已經夠敞開了。
我們快走吧！
鈴鈴鈴
哈哈哈
哈哈哈哈
阿嬤問慶生會
幾點開始？
我們訂六點。
走啦！

在不斷許願、盼望和請求之後……

我終於要得到屬於我的小狗。

爸媽說過這隻狗會是全家人的狗。
但是，我比誰都清楚，
畢竟……

吼——嘎

連恩和諾亞除了他們彼此，

哈
哈
哈
哈
哈
哈
哈
哈
哈

並不在意其他事情。

至於爸爸和媽媽呢？
就叫艾美，或是西恩？
嗯……加入候選名單吧。
他們絕對不是在討論小狗的名字。
小嬰兒都還沒出生，就已經占據了他們大部分的時間……
但沒關係，我只在乎，
席拉動物救援收容所

這隻小狗將會是我的，完全屬於我。

第一次來不一定
就能找到適合的，
而且這裡也不一定有
幼犬……

我知道，我知道。

不過，這裡真的有幼犬。
歡迎光臨！
急救&獸醫門診
寵物美容
貓區
狗區
洗手間
汪汪
汪汪汪
汪汪汪
想抱抱看嗎？
舔舔
馬上就找到適合我的小狗了。

看來我們已經找到了。
我看看狗主人的申請文件，施打疫苗、領養表格……
狗主人!!!
請跟我往這邊。
撿回來!
汪汪
癢癢癢癢
揉揉揉

現在，我要全心想著我的小狗。
抓抓
抓抓
抓抓
然而……
揉
揉
揉
突然，我覺得
有點不舒服。
哈啾！
揉揉揉揉揉揉揉
抓抓抓抓抓抓抓抓抓
瑪姬?!

嗚哇！
姊姊的臉看起來
好像被揍了！
姊姊
怎麼了？

看起來是過敏！！
最好趕快帶她去
看醫生！
嗚——

我們會再回來！
然而，我們再也沒有回去。
我沒有得到那隻完美的小狗。

第2章

過敏醫學中心
也許不是狗，我是對其他東西過敏，或許我只是突然不舒服，認真想想，各種原因都有可能呀。
嗯，能確定原因當然最好囉。
我不想面對現實。

噢
請填寫病歷表，
有兩面！

趕快熬過這一關，
我就能領養小狗了。
等等要做什麼？
他們會將不同的過敏原
放在妳的皮膚上，
然後觀察妳會對什麼過敏。

放在皮膚上？
怎麼放？
嗯……
只會輕輕刺一下下。
要打針嗎？！
而且是打好多針？！
不，不是……
瑪格莉特·威爾森？

來，
深呼吸……
好，現在慢慢
吐氣……
妳做得很好。
不像打針那麼糟，
只有戳一下。

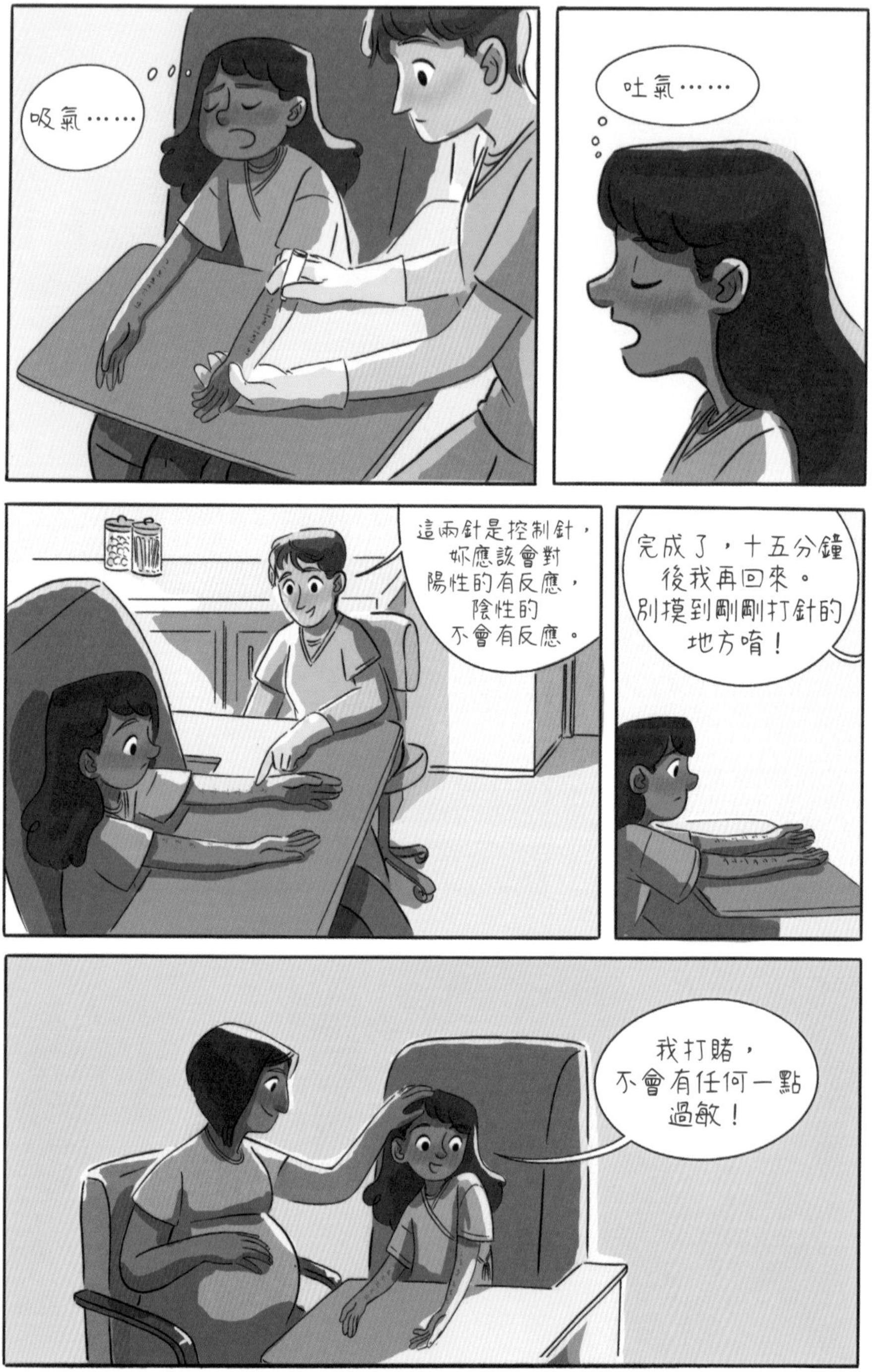
吸氣……
吐氣……
這兩針是控制針，妳應該會對陽性的有反應，陰性的不會有反應。
完成了，十五分鐘後我再回來。別摸到剛剛打針的地方唷！
我打賭，不會有任何一點過敏！

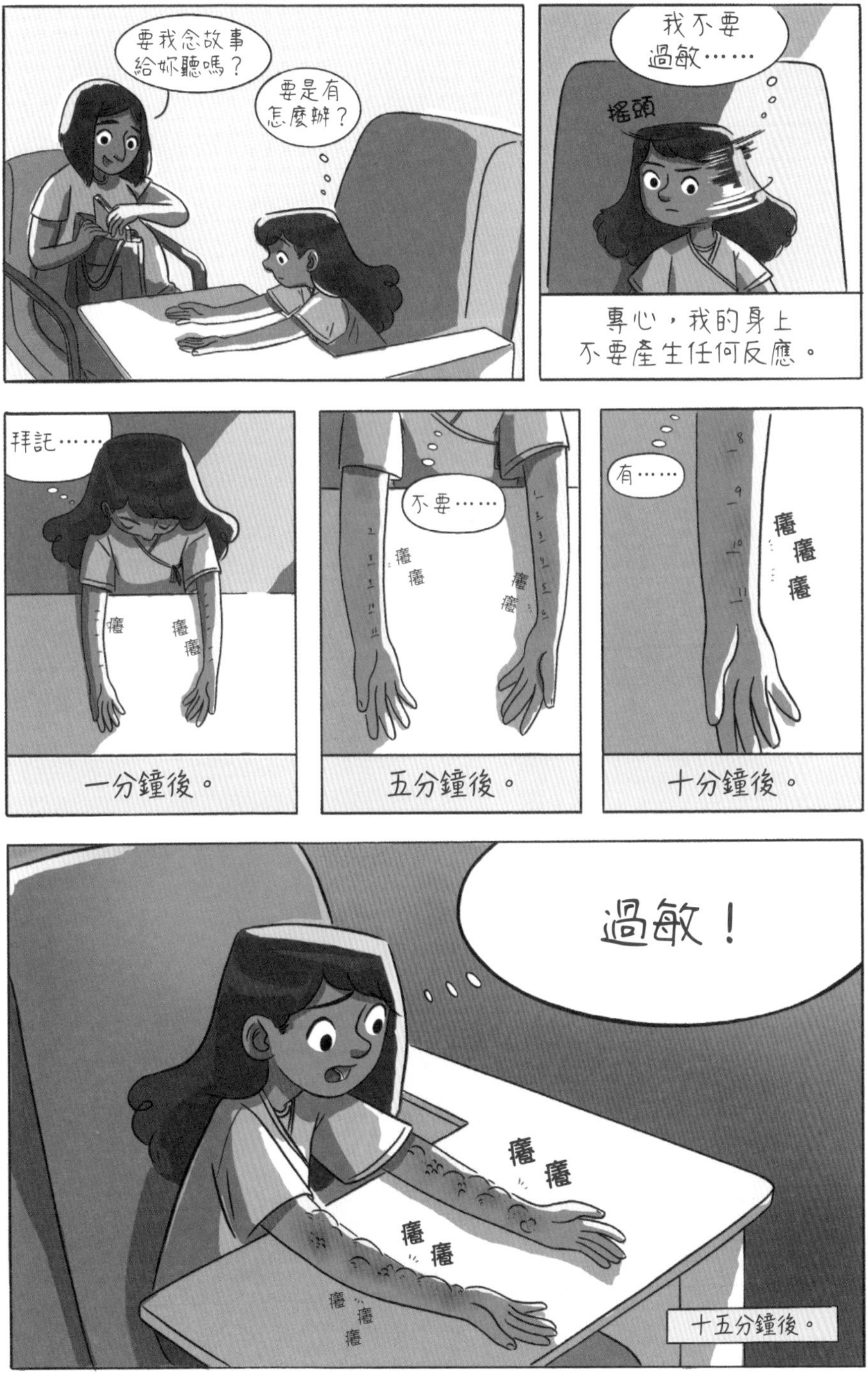
要我念故事
給妳聽嗎？
要是有
怎麼辦？
我不要
過敏……
搖頭
專心，我的身上
不要產生任何反應。
拜託……
癢
癢
癢
一分鐘後。
不要……
癢
癢
癢
癢
五分鐘後。
有……
癢
癢
癢
十分鐘後。
過敏！
癢
癢
癢
癢
癢
癢
癢
十五分鐘後。

來看看……
妳對兔子、有羽毛的動物、
蟑螂、貓……
都有嚴重的過敏反應。
……還有狗。
醫生很快會進來，
跟妳討論結果。

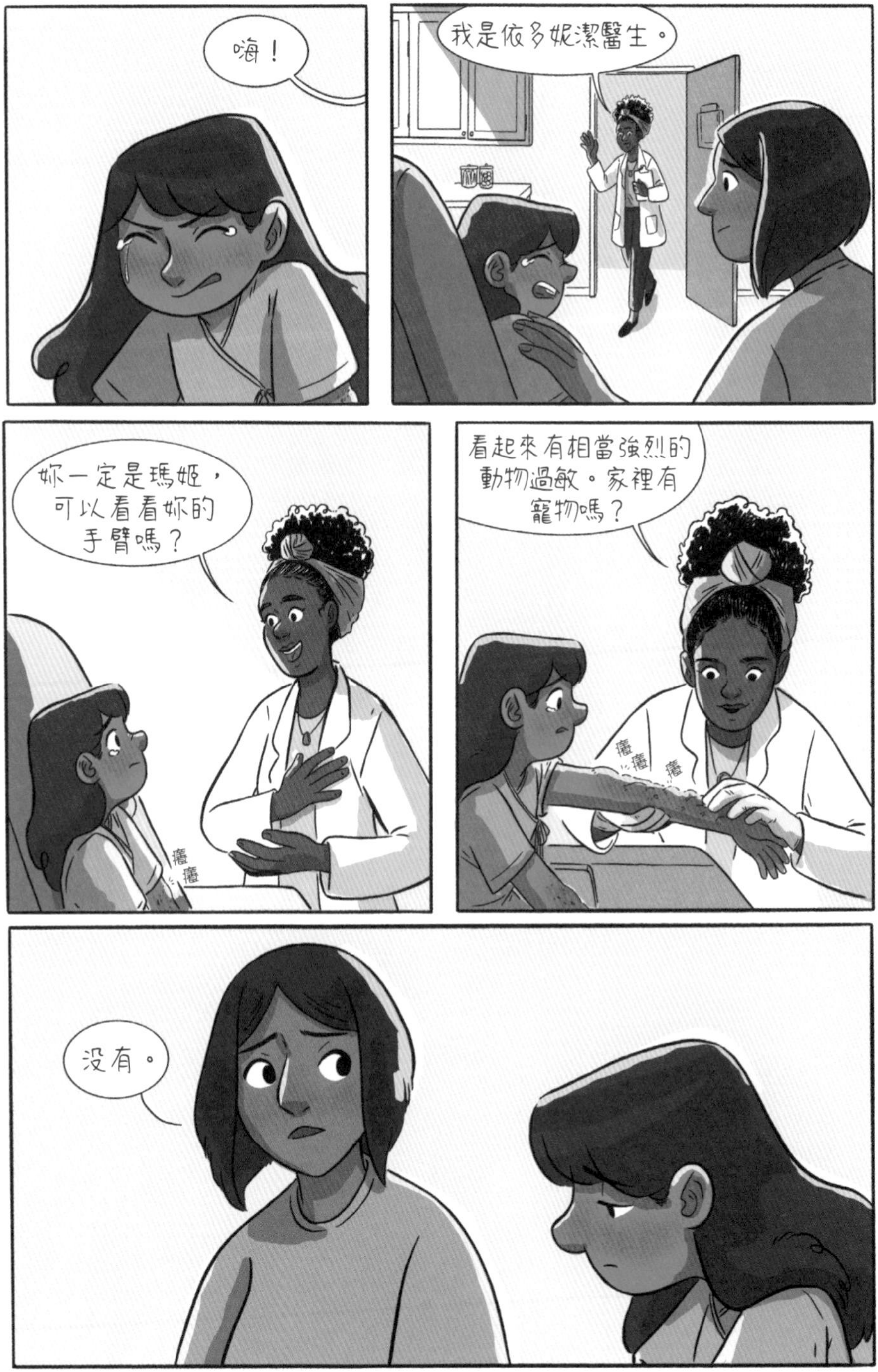
嗨！
我是依多妮潔醫生。
妳一定是瑪姬，可以看看妳的手臂嗎？
癢癢
看起來有相當強烈的動物過敏。家裡有寵物嗎？
癢癢
癢
沒有。

好的，
完成紀錄了。
接下來會舒服點。如果再過敏，止癢膏
可以幫妳舒緩。聽妳媽媽說之前起過紅疹，
這在動物過敏中算是罕見的。
我竟然有罕見的
過敏！
如果是其他不在測試
項目中的寵物呢？
呼！
天竺鼠、
倉鼠之類的？
測試結果顯示，她對好幾種
動物過敏，建議遠離任何
有毛或羽毛的動物。

有不會引發過敏的狗嗎？
有些品種的狗確實較不致敏，但沒有任何狗是完全低過敏性的。
為了不再引發嚴重過敏，避免接觸任何有毛的動物才是最好的辦法。
我不懂！我為什麼會過敏？！

過敏是這樣子的。
每一個人的身體裡，都有所謂的「免疫系統」，用來保護我們抵抗外來物侵入……
像是細菌或病毒。
會發生過敏，就表示妳的免疫系統有點混亂。不只對抗了有害的物質……
也抵抗了無害的物質，以妳的例子來說，就是動物的毛屑。
毛屑？那是什麼？像頭皮屑嗎？

毛屑就是動物皮膚脫落的微小碎片，其中的蛋白質、唾液和尿液，都是引發過敏反應的物質。
尿液？！也太噁！
我對動物的尿過敏嗎？
嗯，只是部分。
這是介紹過敏的漫畫手冊，等下護理人員會給妳更詳細的資料……
包括減敏針療程的介紹……
要打針？！
可以考慮看看。

真是遺憾，寶貝……
想聊聊嗎？

我的身體好像已經
決定了……
有毛的動物……
是我的敵人。
闔上！
砰！
我自己的身體怎麼可以這樣惡整我？

大力撕掉~！
鏗啷！
丟出去！扯爛！
啪啦
啪
啪啦
没有毛、没有羽毛…
嗯…

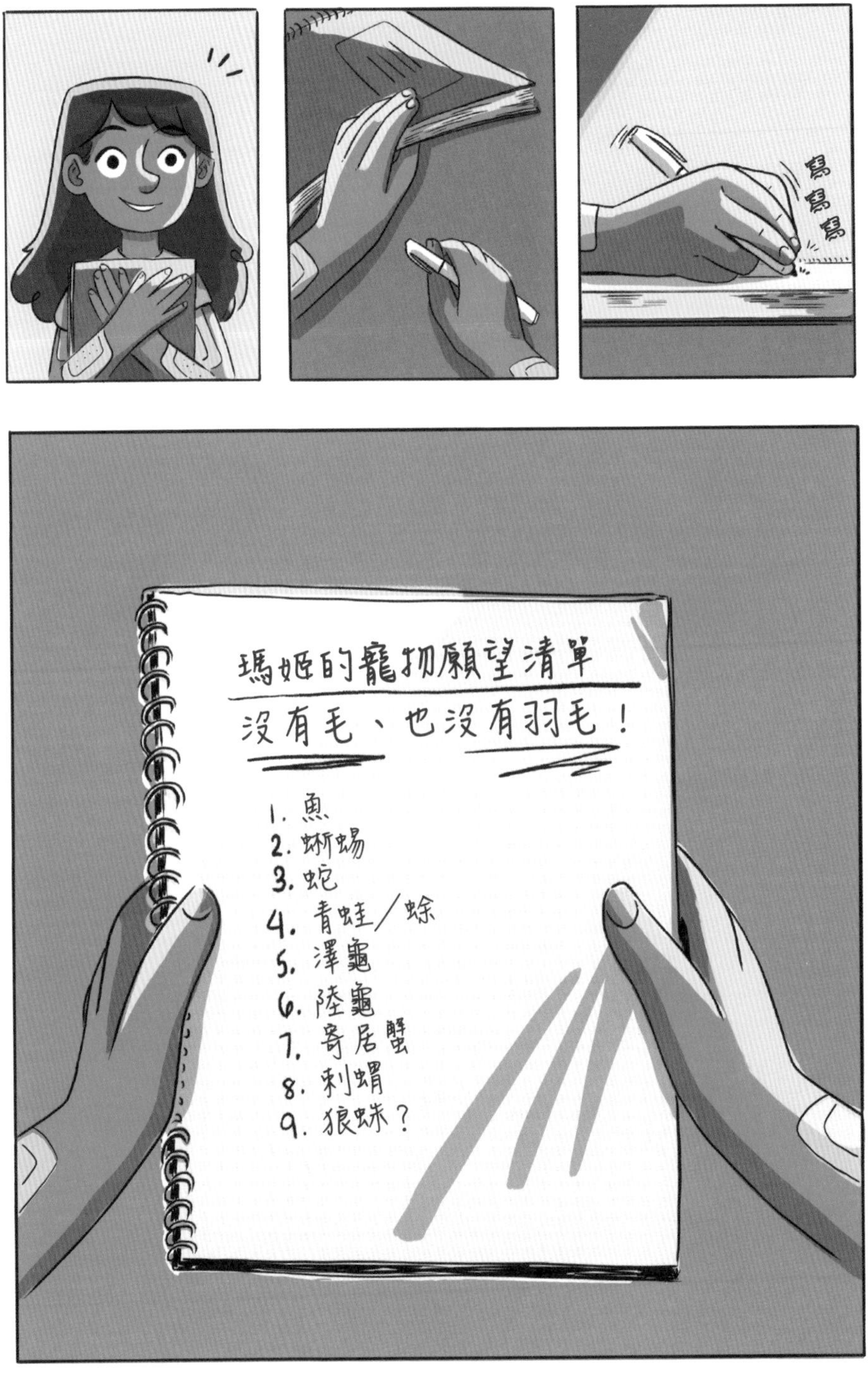
寫寫寫
瑪姬的寵物願望清單
沒有毛、也沒有羽毛！
1. 魚
2. 蜥蜴
3. 蛇
4. 青蛙／蜍
5. 澤龜
6. 陸龜
7. 寄居蟹
8. 刺蝟
9. 狼蛛？

這才是我的人生！
嗅嗅
咕嚕咕嚕
嘶——嘶
喳喳
喀喀
嘓嘓嘓

第3章

瑪姬的寵物願望清單
沒有毛、也沒有羽毛！
1. 魚
蜥蜴
蛇
3. 青蛙／蜍
4. 澤龜
5. 陸龜
6. 寄居蟹
7. 刺蝟
8. 狼蛛？
9.
不錯唷！
好吧。在寶寶出生之前搞定這件事。
耶！！
小寶寶什麼時候出生？等好久喔。
大概再兩個半月。
我和連恩也可以嗎？都是瑪姬害我們不能養狗。
對啊！我們也要。
抓抓弄亂
哈哈哈
嘎叭

那……
再看看吧。
我們的孩子都怎麼了啊？
爸——爸！
那……會傳染！
別這樣！
我也……被傳染囉！
我……也……是！

啊啊～！
哈
哈
哈
哈
哈哈
噢！諾亞，
你弄我！
兒子們！
好好講。

寵物願望清單＃1
嗨！小藍！
你真是隻可愛的小魚…
搖搖
沒錯，你是……
咕嚕咕嚕
真希望你能到魚缸外面……
天哪！
永別了，小藍！
我真該更愛牠一點！
嗚嗚！
沖水
瑪姬的寵物願望清
沒有毛、也沒有羽毛
1. 魚
2. 蜥蜴
3. 蛇
4. 青蛙／蟾蜍
5. 澤龜
6. 陸龜
7. 寄居蟹
8. 刺蝟
9. 狼蛛？

寵物願望清單＃2
準備好了嗎？
好了！
好酷！
太棒了！
別怕！我不會傷害你！
我抱抱看！
我也要！
牠在我身上大便耶！哈哈！
換我！
我不該阻擋弟弟對寵物的真愛啊！
謝啦，瑪姬！
寵物願
有毛、也沒有
1. 魚
2. 蜥蜴
3. 蛇
青蛙／蠑
澤龜

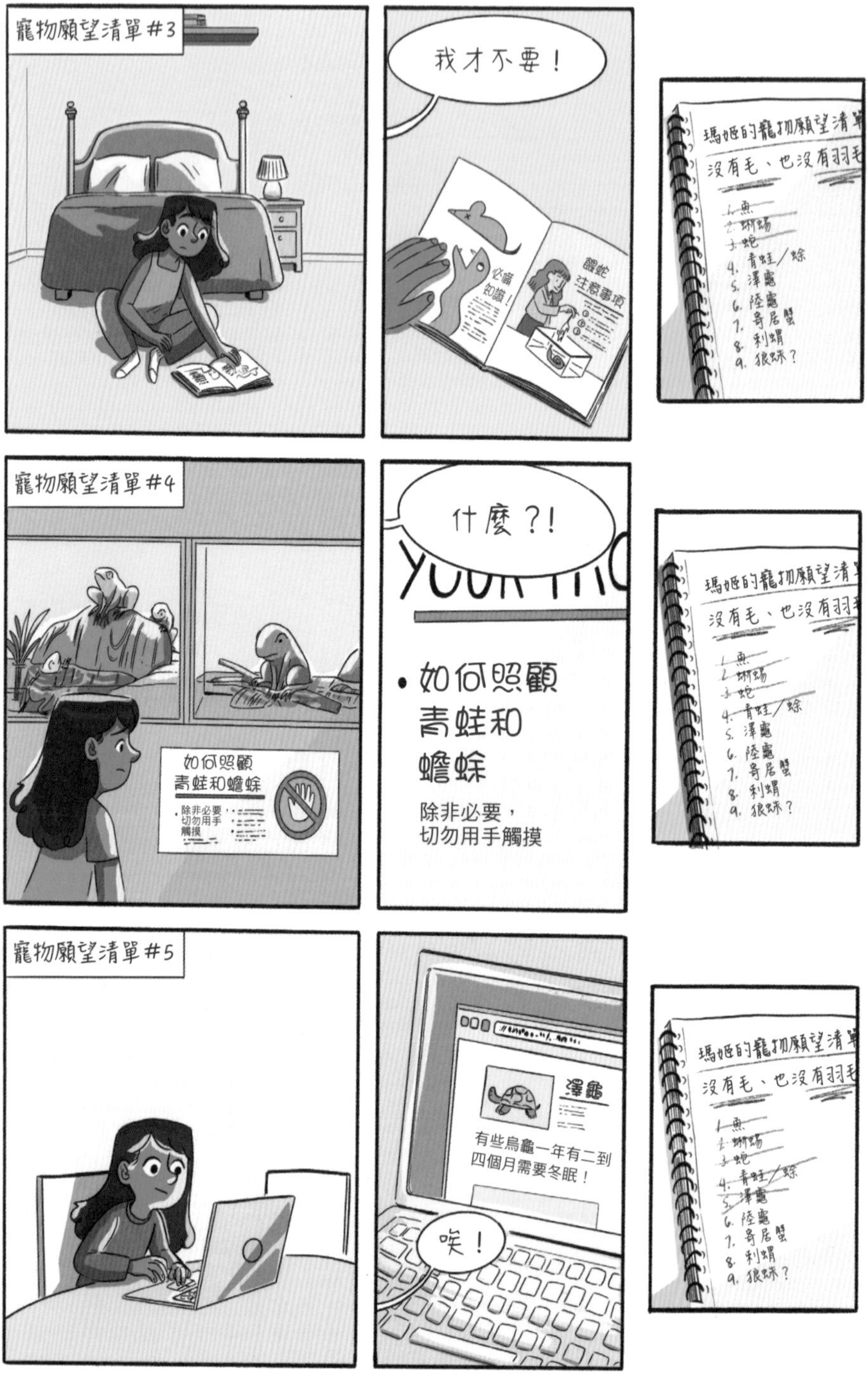
寵物願望清單#3
我才不要！
瑪姬的寵物願望清
沒有毛、也沒有羽毛
1.魚
2.蜥蜴
3.蛇
4.青蛙／蠑
5.澤龜
6.陸龜
7.寄居蟹
8.刺蝟
9.狼蛛？
寵物願望清單#4
如何照顧
青蛙和蟾蜍
除非必要，
切勿用手觸摸
什麼?!
• 如何照顧
青蛙和
蟾蜍
除非必要，
切勿用手觸摸
寵物願望清單#5
澤龜
有些烏龜一年有二到
四個月需要冬眠！
唉！

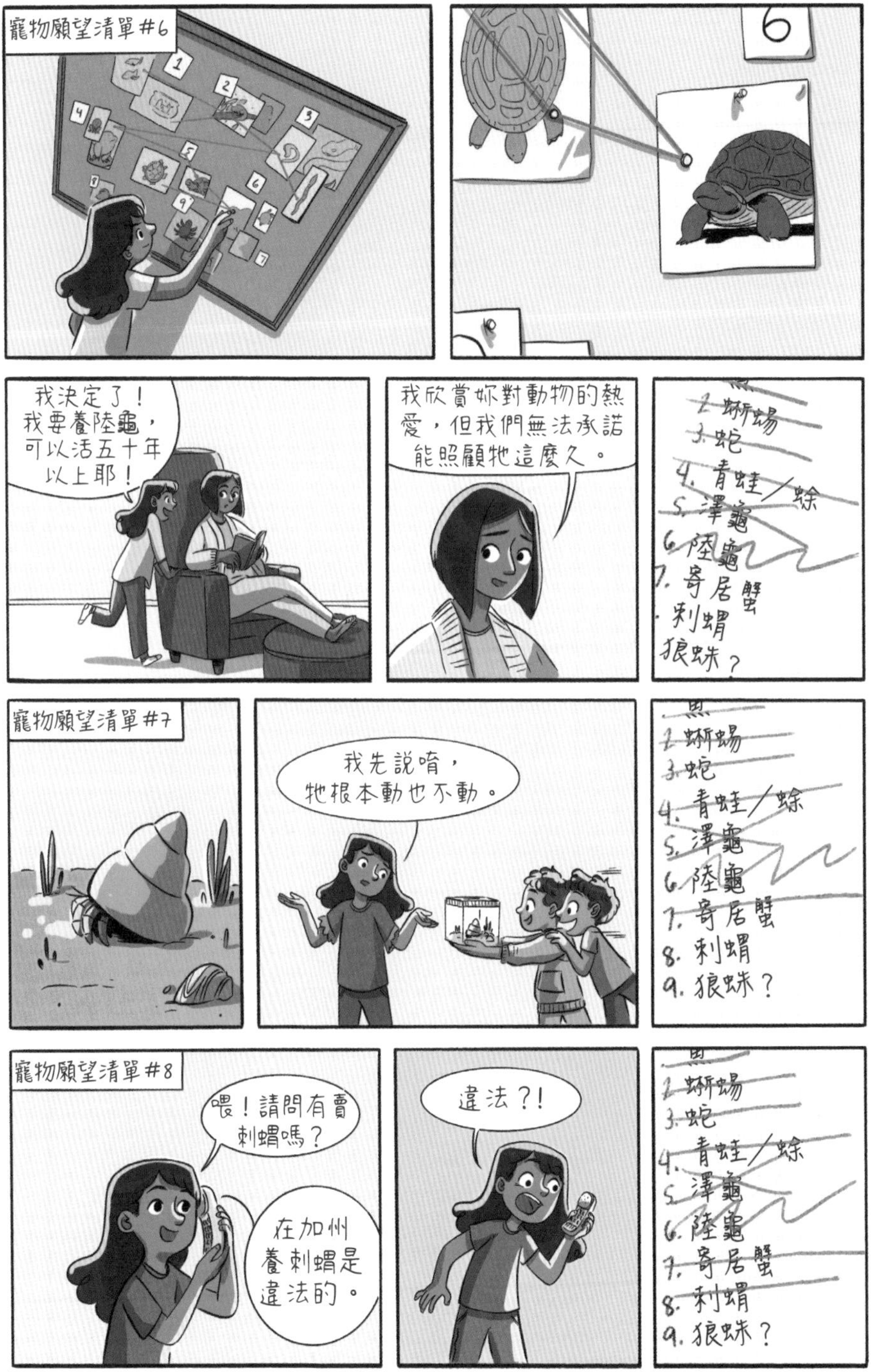
寵物願望清單#6
6
我決定了！我要養陸龜，可以活五十年以上耶！
我欣賞妳對動物的熱愛，但我們無法承諾能照顧牠這麼久。
2. 蜥蜴
3. 蛇
4. 青蛙／蜍
5. 澤龜
6. 陸龜
7. 寄居蟹
刺蝟
狼蛛？
寵物願望清單#7
我先說唷，牠根本動也不動。
2. 蜥蜴
3. 蛇
4. 青蛙／蜍
5. 澤龜
6. 陸龜
7. 寄居蟹
8. 刺蝟
9. 狼蛛？
寵物願望清單#8
喂！請問有賣刺蝟嗎？
在加州養刺蝟是違法的。
違法？！
2. 蜥蜴
3. 蛇
4. 青蛙／蜍
5. 澤龜
6. 陸龜
7. 寄居蟹
8. 刺蝟
9. 狼蛛？

瑪姬的寵物願望清單
沒有毛、也沒有羽毛！
1.魚
2.蜥蜴
3.蛇
4.青蛙／蟾蜍
5.澤龜
6.陸龜
7.寄居蟹
8.刺蝟
9.狼蛛？
狼蛛？我才不要養蜘蛛！
根本不可能！
咚！

SCHOOL

第4章

我很確定，

也會是最糟糕的一天。

大口喝！
噗
噴
哈哈哈哈
有什麼好笑？你們都不緊張嗎？

緊張？
什麼？
你們都不在意要去新學校嗎？沒搬家就要轉學，也真是的！
因為重劃學區啊，瑪姬。
是的，我知道。
諾亞跟我同班！我們第一次分在同一班耶！
我在新學校沒有任何朋友。

祝你們第一天上學愉快！
媽咪掰掰！
蹦！
噢！
抱緊緊
我出門了，寶貝。你們回來時，阿嬤會在家。

記得好好深呼吸，
妳懂的。
緊抓
吸氣……
吐氣……

先是新學校，然後是新寶寶，
為什麼一切不能維持原樣就好？
SOLD
很酷的鞋！
一起坐嗎？
新書包耶！
你看！
去年那個老師
呀……
等不及了！
放學後
來我家玩？
SCHOOL

金河小學
新學期開始，
歡迎
同學們！

耶！我們又在
同一班！
太好了！
我想要媽媽！
嗨！
哇！我好想你喔！

?
這是什麼？
冰沙機器人！
自動寫作業機！
是禮物！
我跟其他同學一樣，很好奇那個箱子是什麼……

不過我更在意，這些不熟的同學，
會不會成為我的朋友？
踏踏
歡迎來到五年級！
期待接下來有個
很棒的新學期，
包括屬於
我們班的……
寵物時光！
寵物？!

掀開

這是「點點」！
哇——噢！
可以往前靠，一起來看看。
好可愛！
今年也太幸運了吧！
我可以帶牠回家嗎？
我愛上牠了！
噢——喔。
哈啾！

哈啾！哈啾！哈啾！
妳還好嗎？
別打噴嚏！別打噴嚏！別打噴嚏！
沒事，我還……
哈啾！

是的，我這邊
看到她的資料了，威爾森太太。
她對動物過敏……好、好的。
我們一定處理。
戰勝細菌！
勤洗手！
如何描述哪裡痛?

現在大家都會討厭我……

隔天
計畫有點變化，
點點會送到萊斯
老師的班上……
大家上課前、下課後
可以去看牠。
我會過敏，
又不是我的錯！
可是感覺都是
我害的。

最——糟糕的一天。
SCHOOL
SOLD
嗨！

嗨！我叫克萊兒！
噢，嗨！
妳叫什麼名字？
瑪姬。
我剛搬來，
要來我家玩嗎？
嗯……
過來看看我的新房間！
我會說服我爸訂披薩。
好！那我先跟
阿嬤說一聲。

今天是我第一天上學——我錯過了開學日，因為我們的搬家卡車壞了。是不是很慘？我現在是六年級，老師超棒。妳們班如何？對了！妳喜歡畫畫嗎？我爸說，我可以在牆上畫任何東西。妳可以來幫我！妳住在隔壁，我們可以常常一起玩！真是太棒了！

第5章

瑪姬的家
釘 釘 釘
哈 哈 哈 哈
哈 哈 哈
跳 跳
轟隆隆
瘋狂旋轉
我喜歡待在克萊兒的家。
她家跟我家很不一樣，
安靜多了。

去妳家吧！
我家好無聊。
妳房間好酷。
謝啦！將房間整理成想要的樣子，真的很好玩。我以前住公寓，有很多麻煩的規矩。
妳整理得好快！
是我爸啦。搬這麼多次，他甚至有科學流程了。
「最重要的就是立刻在牆上畫畫。沒畫完，就不算完成。」
哈哈哈
我爸媽做什麼都像要花一輩子那麼久。說要去海邊，都三年了還沒去。
沒錯！我爸也超會拖。說要改裝後院小屋……可能要等好一陣子。

...
來做點
什麼呢？
嗯……
我知道了。來烤六種
不同的杯子蛋糕！
當然好……可是
妳爸會同意嗎？
一定會，
他必須。
為什麼？
我爸答應我，
只要對搬家抱持正面的態度，
他就會盡全力……
容許屋內一團亂。

我可以和瑪姬一起做杯子蛋糕嗎？
好吧！
攪拌
攪拌
攪拌

對了！
妳為什麼搬家？
我爸辭掉了全職的
藝術家工作，
住這裡比較便宜。
便宜？
我爸媽老是說
加州有多貴。
嗯，跟大城市
比較起來
就不會了。
大城市?
像沙加緬度?
不，舊金山。
嗯！
妳從那裡
搬來？
妳爸是藝術家。
好酷！
妳爸媽
做什麼？
我媽社工，
我爸工程師。
妳呢？長大後想做什麼？
不知……
以前我想要當獸醫。
哇！我們應該
一起開蛋糕店，
這些杯子蛋糕
看起來太棒了！
好好吃！

樓上的浴室可以漆成藍色嗎？
可以在餐廳放盆栽嗎？
在廚櫃鋪上花紋？
在客廳做一個保齡球道？
好主意！不過我們的進度已經慢了兩個步驟。
先想想如何改造妳自己的房間吧？
好吧！

可是我不知道該怎麼布置我的房間。
這裡原本很有我自己的風格，但現在……
唉！

真希望五年級和六年級的午餐時間是一樣的……
就是說呀！

我在前一個學校有很多朋友。
逼五年級生轉學根本犯規。
六年級生……啊！
噢，嗨！克萊兒。
嗨！大家，這位是我的鄰居瑪姬！
妳幾年級？
天啊！我見過妳！等等，妳弟不是五年級嗎？
妳跟我弟同一班！
呃……
妳和五年級做朋友？
對啊。因為她超棒。

掰，瑪姬！
掰！
至少我有一個很棒的
新朋友。

我們可以玩水球嗎？
去吧！
嘿嘿嘿嘿
啵
砰
嘩啦
哈哈哈哈
阿嬤！！！

我們可以蓋
城堡嗎？
當然！
雙胞胎幾秒內就
可以毀了這裡。
是啊……不過他們
真的很可愛。
可愛？超煩！
不久還會再多一個
小寶寶來折磨我！
妳不覺得多一個小寶寶
其實……滿有趣的？

一點也不！我們家的人已經夠多了。
是喔……
我們來交換祕密。
好啊。
並不一定要真的祕密，就是一些我們彼此還不知道的事。
那我先開始。嗯……
我爸媽離婚了，媽媽住在紐約，每年夏天我會去找她，有時候放假也會去。
噢。

每年夏天都去紐約？太酷了吧！
妳去過嗎？
從來沒有。
鬆軟
好了，換妳。
呃，我的祕密是……
我對動物過敏。
真假？
是啊，不過我快要開始打減敏針了……
對了！禮拜五要來我家的電影之夜嗎？
好，我去！

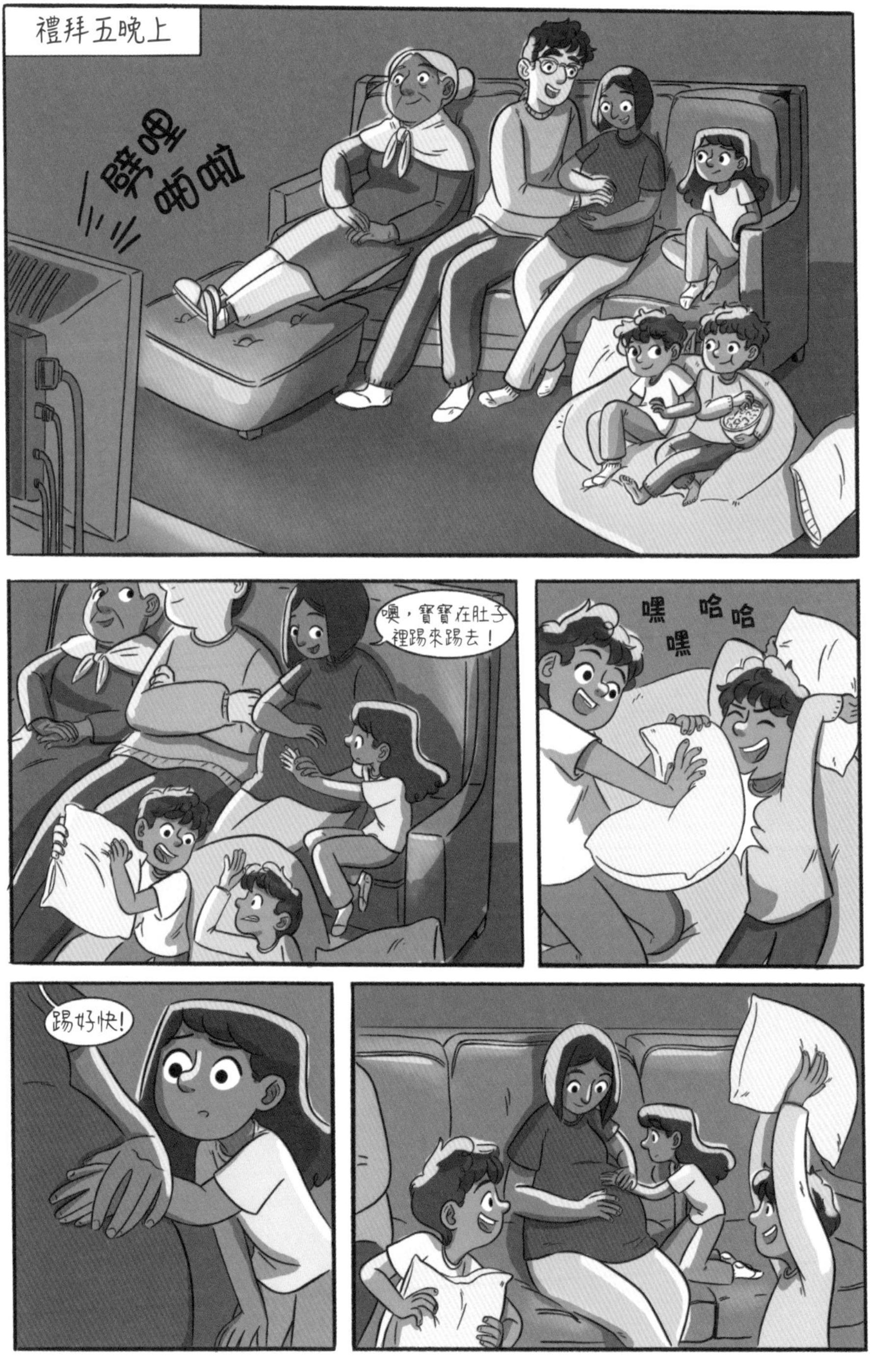
禮拜五晚上
劈哩啪啦
噢，寶寶在肚子裡踢來踢去！
嘿嘿
哈哈
踢好快！

哇噢！
我懷孕的時候，妳媽在肚子裡不停打嗝，我想睡覺時更是打個不停，一整晚。
現在她會打呼打不停……
嘻嘻
喂！兩位，規矩點！
哼
哈哈
哈哈
哈哈
叮咚！
踢

希望是克萊兒……
耶！很高興妳來了！
悄悄話
悄悄話

我存錢買了一個禮物，要給克萊兒驚喜……

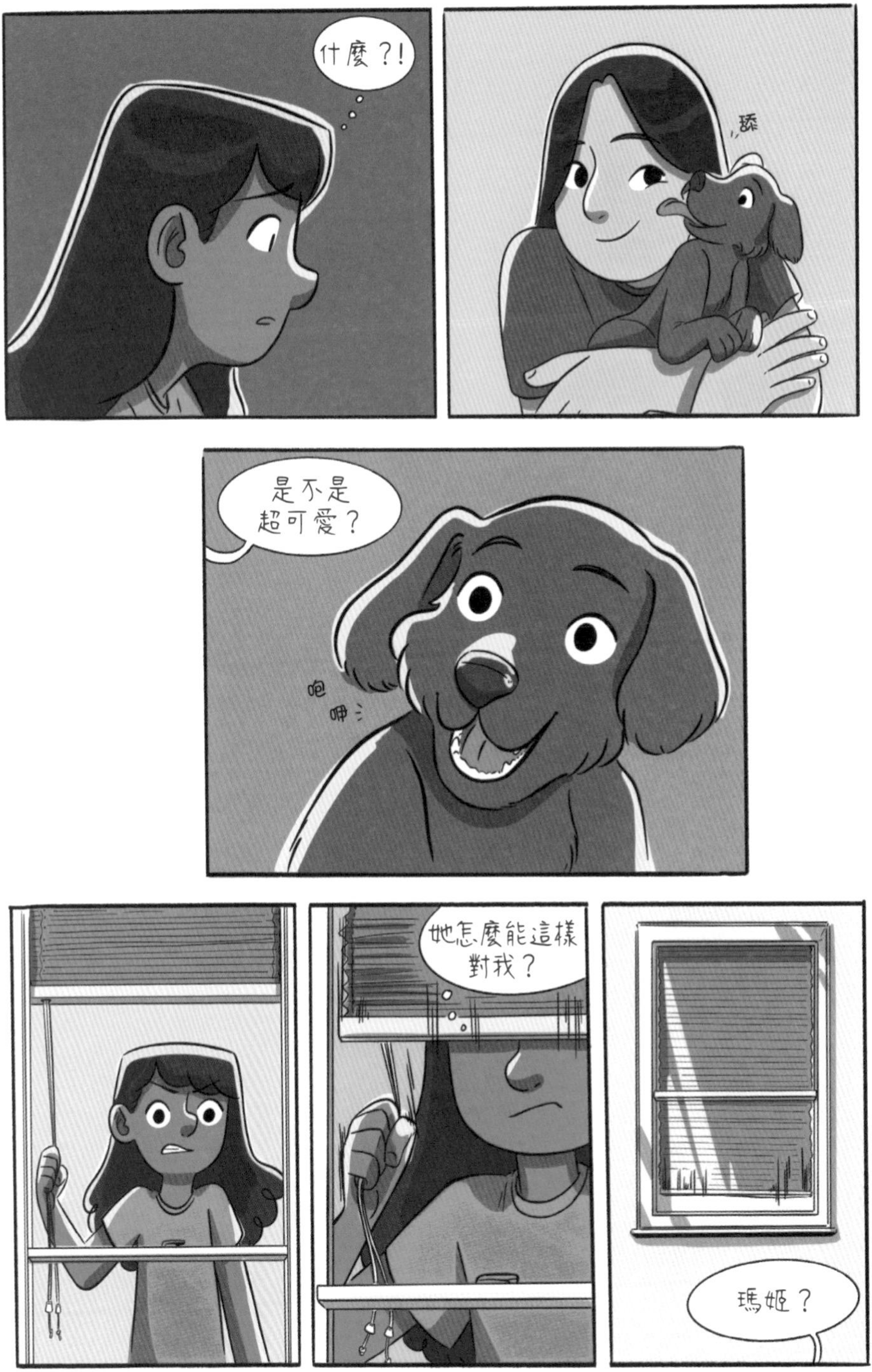
什麼?!
舔
是不是超可愛？
咆呷
她怎麼能這樣對我？
瑪姬？

扯斷

第6章

是小狗！
妳養狗？!
是不是超可愛？
快叫瑪姬，我等不及要給她看。
瑪姬！!
克萊兒來囉！!
噢！
嗷嗚
!!

他們是叛徒，全部都是。

呃……我正在
忙作業！
噢，好啊！
我們可以
跟牠玩嗎？
可以拍拍牠嗎？
呃…
當然可以！
來吧，在我家後院
可以不用戴項繩。
瑪姬！
寫完功課就過來喔！
阿嬤！！！
我們要去克萊兒家！
好，
開心玩！

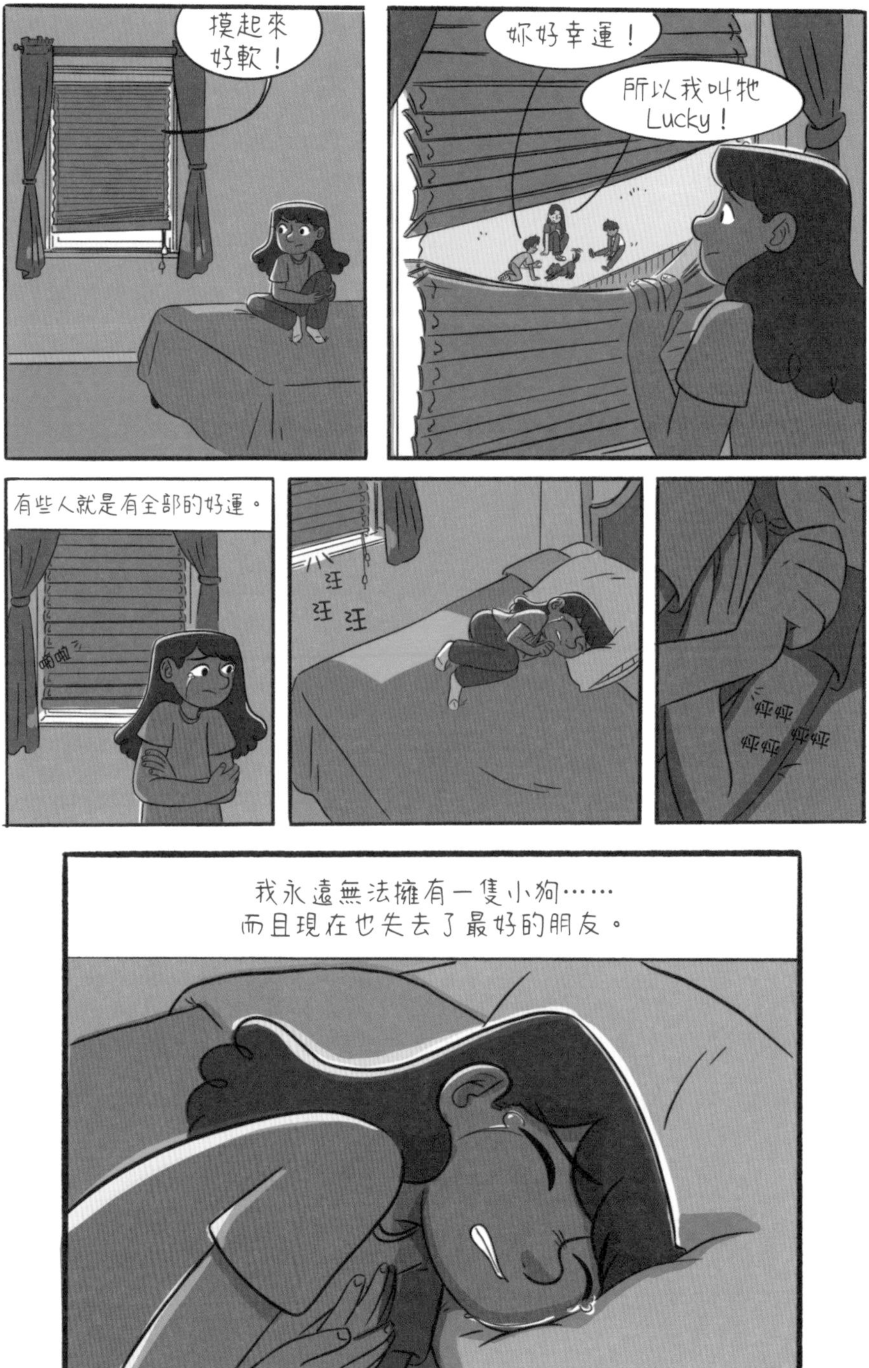
摸起來好軟！
妳好幸運！
所以我叫牠Lucky！
有些人就是有全部的好運。
唰啦
汪
汪 汪
怦怦
怦怦 怦怦
我永遠無法擁有一隻小狗……
而且現在也失去了最好的朋友。

叩
叩
瑪姬寶貝，克萊兒來囉！
我在讀書！
瑪姬，克萊兒在門口等妳。
我現在人不舒服！
克萊兒要找妳去看電影。
我在睡覺。
那帶我們去……
嘿，不公平！
呃。
瑪姬，還好嗎？

我可以養狗嗎？
沒問題！都可以！別人的夢想都必須等很久、期待很久，
但妳想要的永遠可以立刻得到！
起床時間到了，準備上學囉！
上學?!噢，不!!
我要怎麼在校車上避開克萊兒？

可以載我上學嗎？
寶貝，妳得搭校車啊！
不過今天放學爸爸會去載妳，要提早接妳去打針，記得嗎？

打針？！
妳的減敏針。
就是今天？！

奈德，別忘了提醒她深呼吸。
知道了！
減敏針並不會讓我完全不過敏，我仍然沒法養狗。
不過應該能減緩症狀，讓我的身體可以接受周圍的人帶著寵物。
妳知道嗎？專家說，打完針吃冰淇淋恢復得比較快！
噢，那請帶些開心果口味的冰回來給孕婦！

必須……避開……
克萊兒！
呼
呼
呼
嘿！
砰

請瑪格莉特・威爾森
到辦公室，家長來接。
嗨。
唉

嘿，我的小戰士！
我最愛的女兒！
PUSH
輕推

滑開
這什麼啊？!
噢，那個啊！
我還以為妳在說
什麼不好的事！

即使爸媽認為那是好事，我卻覺得不太妙。

瑪格莉特？

有服用治療過敏的藥嗎？
有。
好恐怖！
別擔心，當妳感覺到痛時，已經打完了。
嗚

現在換另一隻手臂！
很快就快結束了……
若有不良反應，
請立刻告知醫護人員
正常反應
・腫脹 ・發紅 ・注射處刺痛
不良反應
・打噴嚏 ・鼻塞 ・起疹子
・胸悶 ・咳嗽 ・氣喘
・呼吸困難 ・注射處以外區域
腫脹 ・心跳加速 ・脈搏微弱
・昏倒 ・眩暈 ・嘔吐
・腹瀉 ・瀕死感
瀕死感??
先觀察半小時，如果有
任何不良反應，請立刻
通知櫃檯人員。

我忘了提醒妳要深呼……
瀕死感是什麼？
啥？
不良反應的一種。
啊，是，我也看到了。
「瀕」就是很靠近、快要發生的意思。瀕死……我猜，那是一種非常非常壞的事要發生的感覺。
妳感覺還好嗎？有瀕死感嗎？
沒有，我還好。
癢癢癢
但我忍不住想，最壞的事情已經發生的話，叫做什麼呢？

陽光冰淇淋屋
SPECIALS!

第7章

嘎啊!!!
我再也受不了!
狂抓
狂抓
狂抓
狂抓
狂抓
汪汪
我受狗了!

啪啦
我要進攻！
汪汪汪
我要防守！

安靜，
Lucky！
汪汪汪
啜泣
啜泣
一切會
沒事的！
嗚嗚
咿咿
嗚嗚
咿咿

噢！她怎麼了？

踢
她會哭是
因為……我嗎？
砰咚撞上
抱歉！
痛
我也想過，
或許不只有我想念這段友情……
但現在克萊兒已經有Lucky了，
她怎麼會需要我呢？

怦怦-跳
怦怦-跳
怦怦-跳
怦怦-跳
怦怦-跳
怦怦-跳
怦怦-跳
怦怦-跳
顫抖
汪
汪
叩
叩

噢……
是妳呀。
我很抱歉！！！
用力抱緊
哈啾！

我不明白
妳為什麼
就這樣……
不理我了。
因為我很氣妳養狗，
妳明知我會過敏。
現在我都不能來妳家了！
妳不是說要打
減敏針了嗎？而且
這又不是妳的狗。
我知道這不是
我的狗！！
深呼吸……

減敏針要幾個月才會發揮作用。要持續打五年。
噢，哇。
而且減敏針不會治好我的過敏，只是讓我比較不嚴重。
待在這裡，Lucky。
所以，妳再也不能來我家了？
沒有完全不能。就只能待幾分鐘而已。

除非妳不要Lucky了？
怎麼可能！
哈哈哈
要來我家嗎？
謝謝妳特地換了衣服！
沒問題……我剛才身上都是狗毛！
妳最棒了！

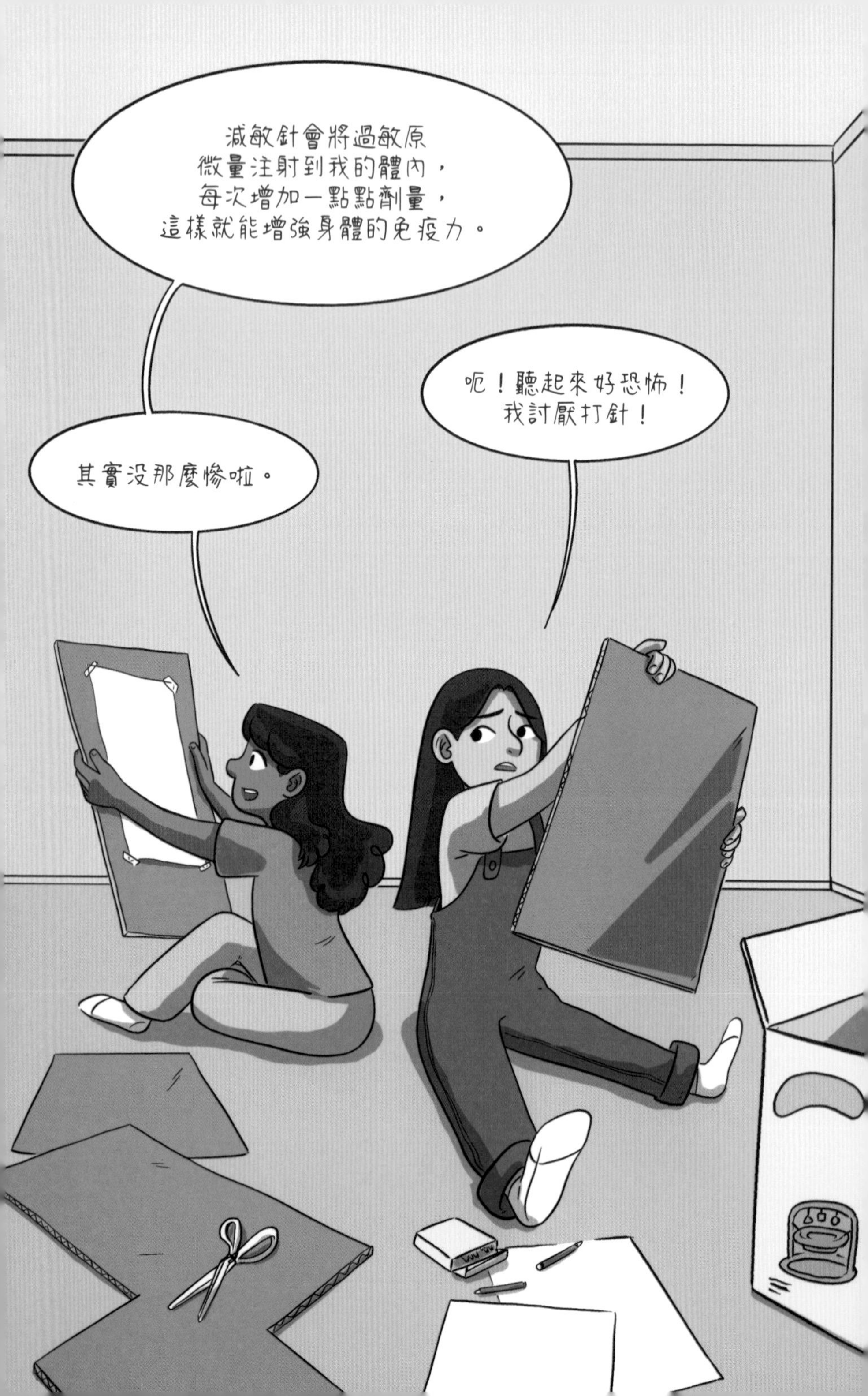

減敏針會將過敏原微量注射到我的體內，每次增加一點點劑量，這樣就能增強身體的免疫力。
呃！聽起來好恐怖！我討厭打針！
其實沒那麼慘啦。

妳可以養別種動物嗎？
沒辦法。我試過爬蟲類和其他，都不適合，好想要一隻毛茸茸的動物夥伴喔。
醫生說只要是有毛或羽毛的動物，我大概都過敏。
大概？
是啊。因為無法測試所有物種。
如果沒測試過，怎麼能百分之百確定？
調色

唔……
體型很小的那種呢？
真的很小很小……
給克萊兒
就可能不會
過敏了？

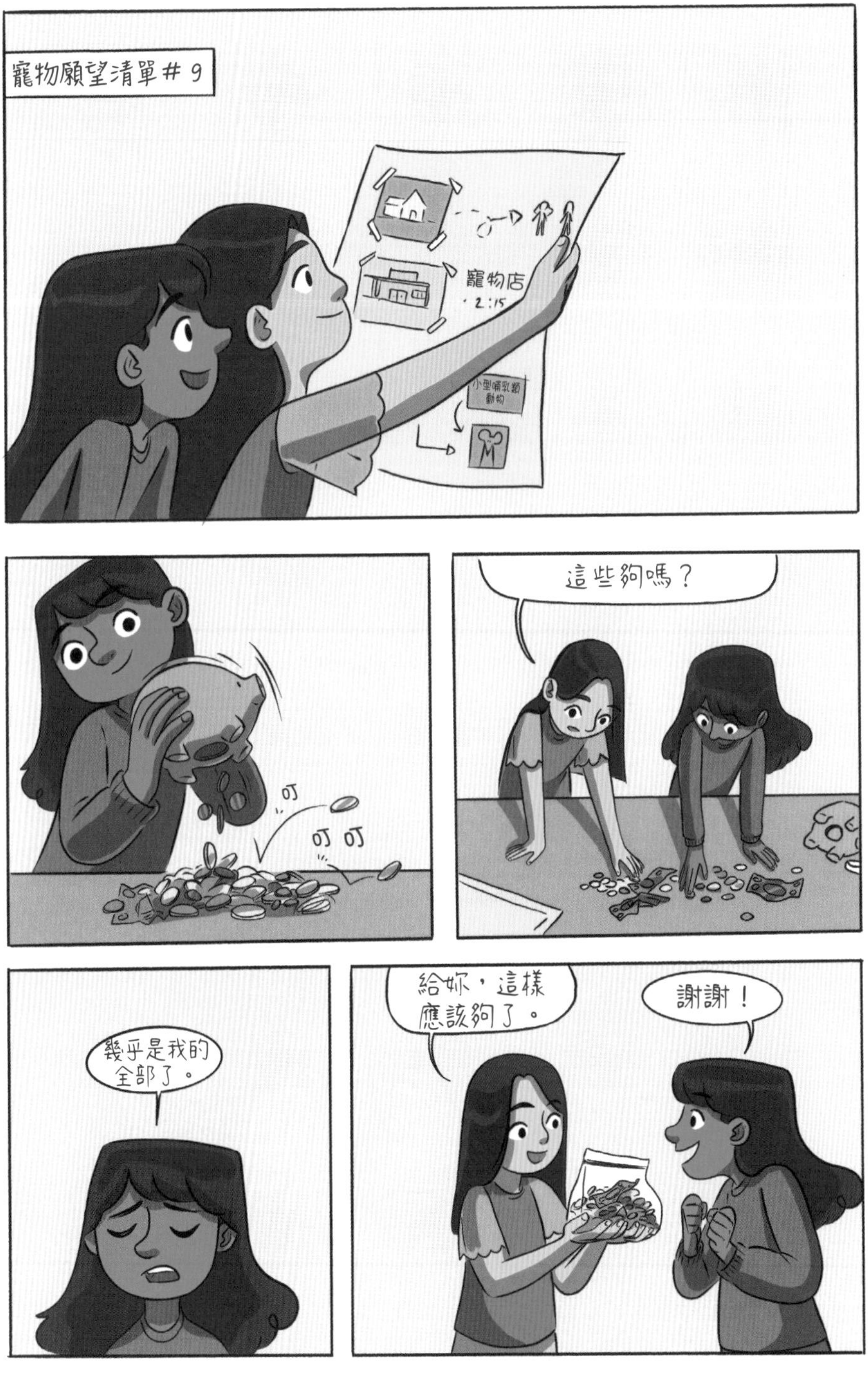
寵物願望清單＃9
寵物店
2:15
小型哺乳類動物
叮
叮叮
這些夠嗎？
幾乎是我的全部了。
給妳，這樣應該夠了。
謝謝！

請勿
打擾
請敲門
哈哈哈
嘿！
妳們在
做什麼？
不關你們的事！
請勿
打擾
請敲門
我房間可以上鎖嗎？
拜託！

她長大了……
隱私……
記住，我、媽媽和阿嬤都能打開妳房間的門。如果妳很負責，我們會尊重妳的隱私，只在緊急情況下使用。
沒問題。

星期六
爸爸帶雙胞胎去公園，
我要出門辦事，
妳要跟我一起去嗎？
沒關係！
我要去
克萊兒家！
跑跑跑～

可以載我們去寵物店嗎？
呃……
我正想休息……
唔……
走吧！

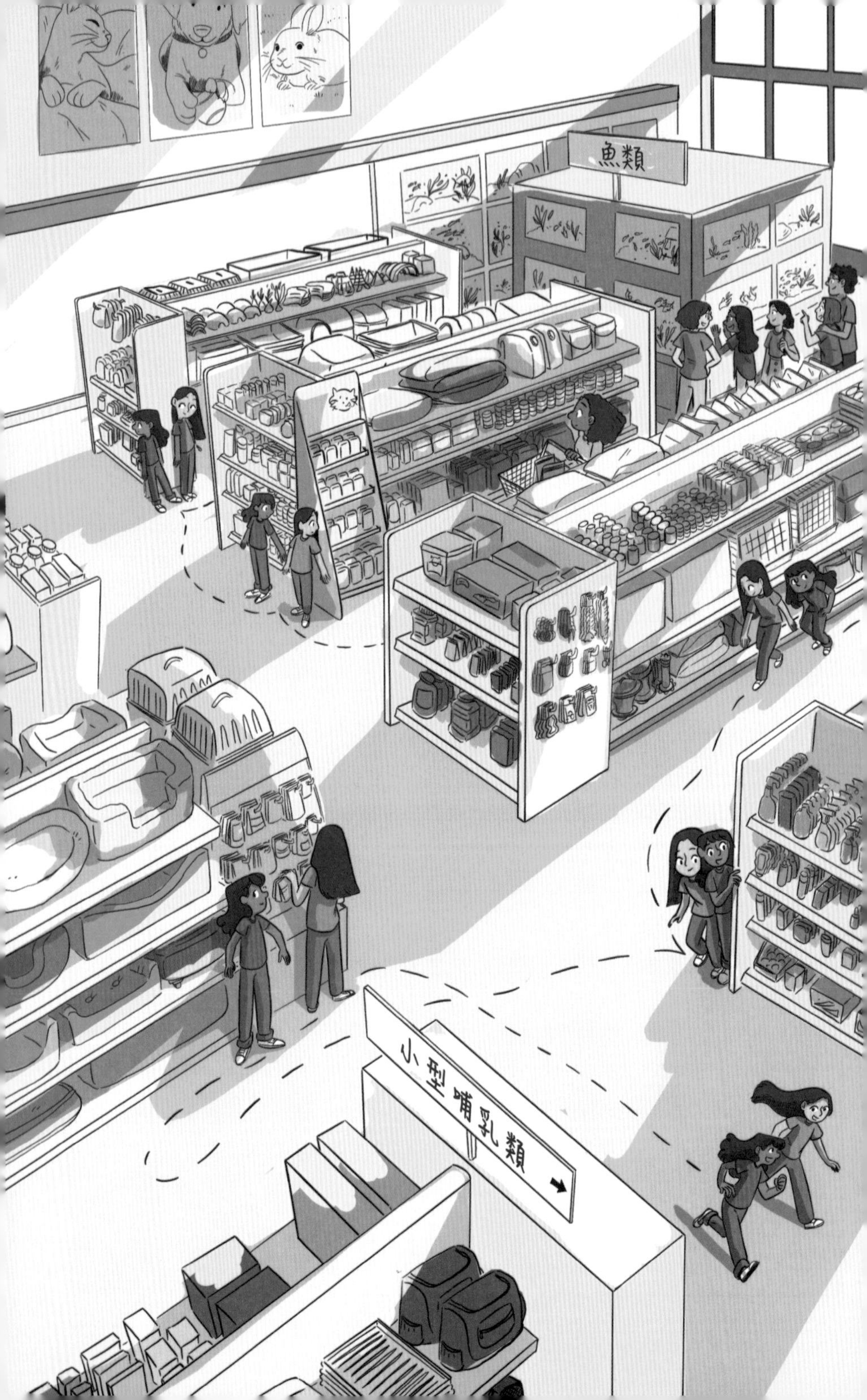
魚類
小型哺乳類

小型哺乳類
哇噢！
吱吱
謝謝妳幫忙！妳最棒了！
寵物用品店

不好了！
怎麼啦？
我媽回來了！
別擔心！我來分散她的注意力。
那個……小寶寶會取什麼名字呢？
這個嘛，還很難說，小寶寶……
吱吱
吱吱
妳聽到了嗎？
瑪姬呢？
呃……我在樓上！
很高興跟您聊天！

任務達成！！

太可愛了！要幫你取什麼名字呢？

糖糖
小可可
露娜
黛西
尖尖
小阿鼠

第8章

寵物鼠
照顧手冊
PET MOUSE
寵物鼠
照顧手冊
1 如何馴養寵物鼠
首先坐在鼠籠旁，
這樣牠們才會習慣
你在旁邊。
揉
她現在
習慣我了嗎……
揉揉
要怎麼知道她
適應了沒？
吸
吸

該清潔這個地方了！
尖尖，我一定會讓妳住得很舒適！
啊啾！啊啾！啊—啾！
吱吱
快閃
嗚……我一定能打敗過敏！只是一隻小鼠！
嘩啦
嘩啦
嘩啦
嘩啦

看這裡，尖尖。
這給妳！
嗅嗅
這就對了。
喀滋喀滋
多給一點……
嗅
聞聞嗅嗅
嚼！
嚼！
非常好！

好癢喔！
咯咯笑
過去吧，
尖尖寶貝。
好可愛喔！！！
她最棒了！
最棒的寵物。

然後：
啊啾！
啊啾！
啊啾！
啊啾！
啊啾!!!
嘩啦
嘩啦
嘩啦
嘩啦
嘩啦
癢
癢
癢
癢
癢

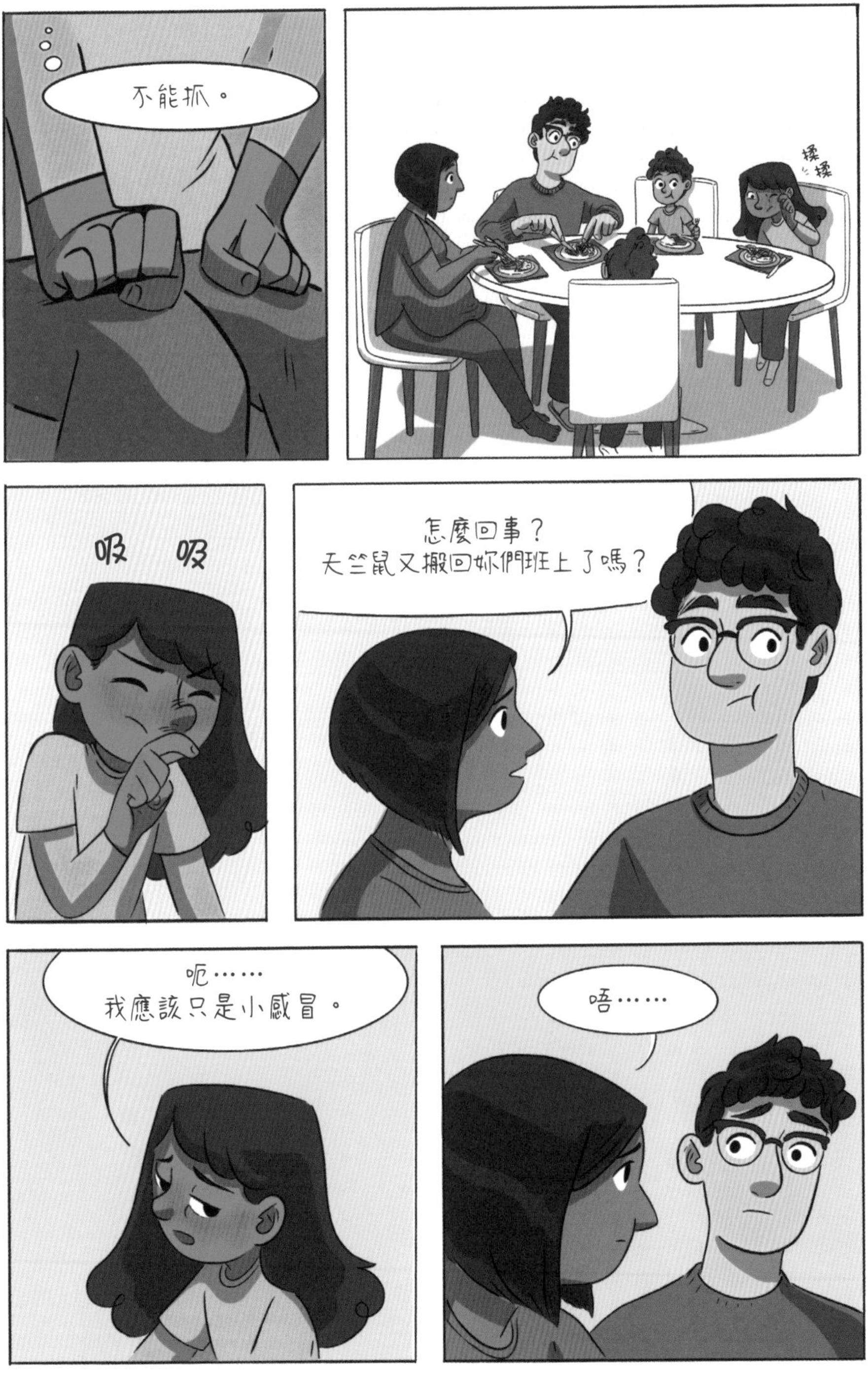
不能抓。
揉揉
吸 吸
怎麼回事？
天竺鼠又搬回妳們班上了嗎？
呃……
我應該只是小感冒。
唔……

叩
叩
叩
讓我們進去！
妳總是待在房間裡！
等我一下！尖尖。
滑～
你們要做什麼啦？
妳的兩隻眼睛都紅紅的！
噫，什麼味道？
妳的眼睛好像怪獸喔！

走開啦！
重甩門
哇！我想要怪獸眼睛！
阿嬤！瑪姬有怪獸眼睛。
BAN
來……
親愛的，我真的覺得要打電話問過敏科醫生。
是不是打針的不良反應呢？
當天晚上

隔天
擤鼻子
擤鼻子
呃嗨。

我可、可以
坐這裡嗎？
嗯，當然。
要分一半
餅乾嗎？
我不能吃，
會過敏。
不過謝謝妳！
你會過敏？
是啊。

那你怎沒去禁花生的那桌？
我不是花生過敏。
噢。
蛋過敏。
我也有過敏，真討厭。
我知道。
你怎麼知道？
我在萊斯老師那班，我們養了點點。
大家一定覺得是我害的。
不是妳的錯，妳也不想過敏吧。
我叫賽巴斯提恩。
我是瑪姬。

那……妳只對天竺鼠過敏嗎？
不只，所有有毛或羽毛的動物都會。
哇，那好慘！
除了小老鼠吧？
那你呢？只有蛋嗎？
只有蛋。
你有打減敏針嗎？
沒有，打針對食物過敏沒效……
也不確定為什麼。我再查一下好了。妳在打針嗎？
是啊，打起來感覺……還好。

我妹妹是對
蜂螫過敏，
那種也可以打針。
嚼
嚼
嚼
嚼
那妳會帶著
腎上腺素
注射針嗎？
沒，我的過敏反應算嚴重，
但沒有到會休克那種，
所以不需要。
妳是說
過敏性休克？
對，那種。
你有過？

一次……很嚇人。
甚至無法好好呼吸，
必須馬上去醫院。
哇嗚……
真的好可怕。
你一直帶著針筒在身上嗎？
是啊，就在這。出門絕不能忘記。
哇，好麻煩喔。
很慶幸我不需要。
呃，習慣了。那妳發現自己會過敏以後，是不是得放棄妳的寵物？
類似。我當時正好要去認養一隻小狗……
噹噹噹噹
啊，那再聊囉。
掰。

過來，尖尖！
尖尖呢？這裡有胡蘿蔔，妳最愛的！
唔……餵太多了嗎？

隔天早上
叩叩叩叩
太陽晒屁股囉，寶貝！
揉揉
揉揉
我正在……
起床！
砰咚！

滑開
尖尖？
尖——？
妳在哪裡？

倒抽一口氣！

吱吱

第9章

這裡
應該會寫……
寵物鼠照顧手冊
PET MOUSE
翻
如何照顧
剛出生的一窩
寵物鼠寶寶……
鼠寶寶？
寵物店購買的老鼠
很少會有懷孕的狀況，
但若是您的籠子裡
意外的發現了一窩
小老鼠……
一窩小老鼠。
該怎麼辦？

妳一定不相信……
悄悄話
悄悄話
我的天！！！
不可思議！
呼咻一
呼咻一
噓！

持續安靜的提供食物和清水。
至少兩個星期不要觸摸鼠寶寶。
兩個星期？
也太久！
到了第三週，建議將公鼠與母鼠分開。
那另一籠老鼠要放哪？
放我家！公鼠寶寶給我，這樣妳就可以留下尖尖。我爸一定會答應。
他一定會……
我想想……
就這麼做吧。

十月
SUNDAY MONDAY TUESDAY WEDNESDAY THURSDAY FRIDAY SATURDAY
1 2 3 4 5 6
7 8 9 10 11 12 13
14 15 16 17 18 19 20
21 22 23 24 25 26 27
28 29 30 31
預產期

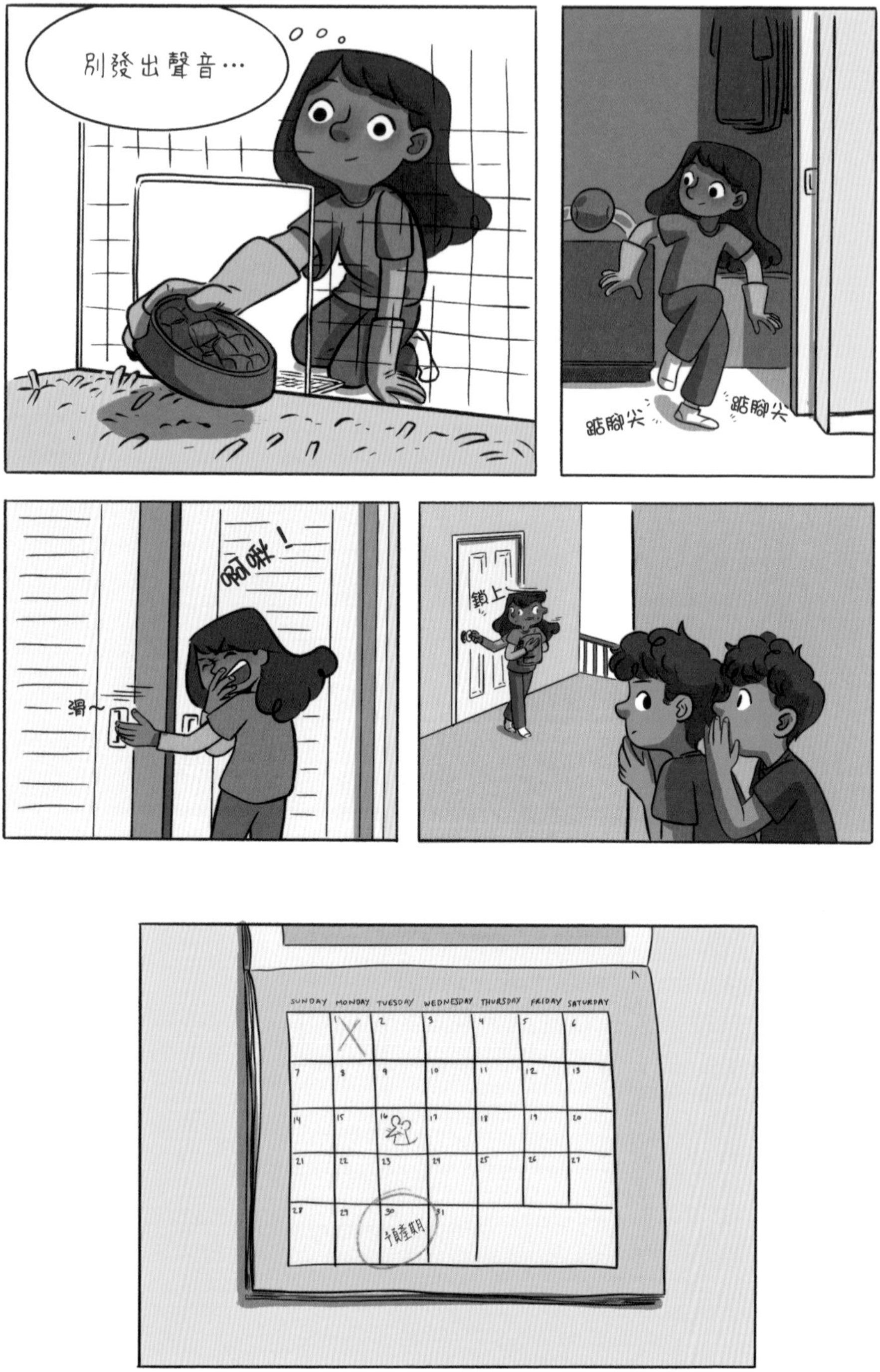
別發出聲音…
踮腳尖
踮腳尖
啊啾！
滑～
鎖上
SUNDAY MONDAY TUESDAY WEDNESDAY THURSDAY FRIDAY SATURDAY
預產期

嘩啦 嘩啦 嘩啦
唰
唰
唰
啵
眨眼睛
啵
眨眼睛
SUNDAY MONDAY TUESDAY WEDNESDAY THURSDAY FRIDAY SATURDAY
預產期

她會這樣是因為打針嗎？
減敏針不太會有這些反應。
妳每次來看診前，都有吃抗過敏藥嗎？
有、有。
好。那我們暫緩打針的療程，先嘗試其他治療。
呼…
SUNDAY MONDAY TUESDAY WEDNESDAY THURSDAY FRIDAY SATURDAY
預產期

我正在編一本書，彙整我喜歡的冷知識。要貢獻一個嗎？
好主意！
加州曾經在水底下？
這是提問？還是陳述事實？
這是事實。
酷。
希望我們現在就在水底下……或海灘上！
真可惜，我們不像電影裡的加州人，總是待在海邊。
上次我去海邊，遇到濃霧，甚至看不見大海！
上次我們家去海邊，塞車五個小時。
賽巴斯提恩和瑪姬的冷知識大全集
CALIFORNIA USED TO BE UNDERWATER
加州曾經在水底。
加州的海邊常有濃霧。
4
5
6
11
12
13

來，孩子們！
我做了肉桂餅乾。
噢，我不餓……
是肉桂餅乾耶！
我想待房間！
保證好吃。
妳老是
待在房間！
呦！我的孫子拒絕
剛出爐的餅乾……
沒想到會有這一天。
妳是不是
那個了？
姊姊有她自己
的喜好吧。
哪個？

妳知道的，那個。
怎麼說？
哈，是喔！
嘰
嘰
喳
喳
青春期！
什麼？才不是！
聽著，男孩們。
給姊姊一點空間。
啊——嗯！
咯
咯
咯
SUNDAY MONDAY TUESDAY WEDNESDAY THURSDAY FRIDAY SATURDAY
預產期

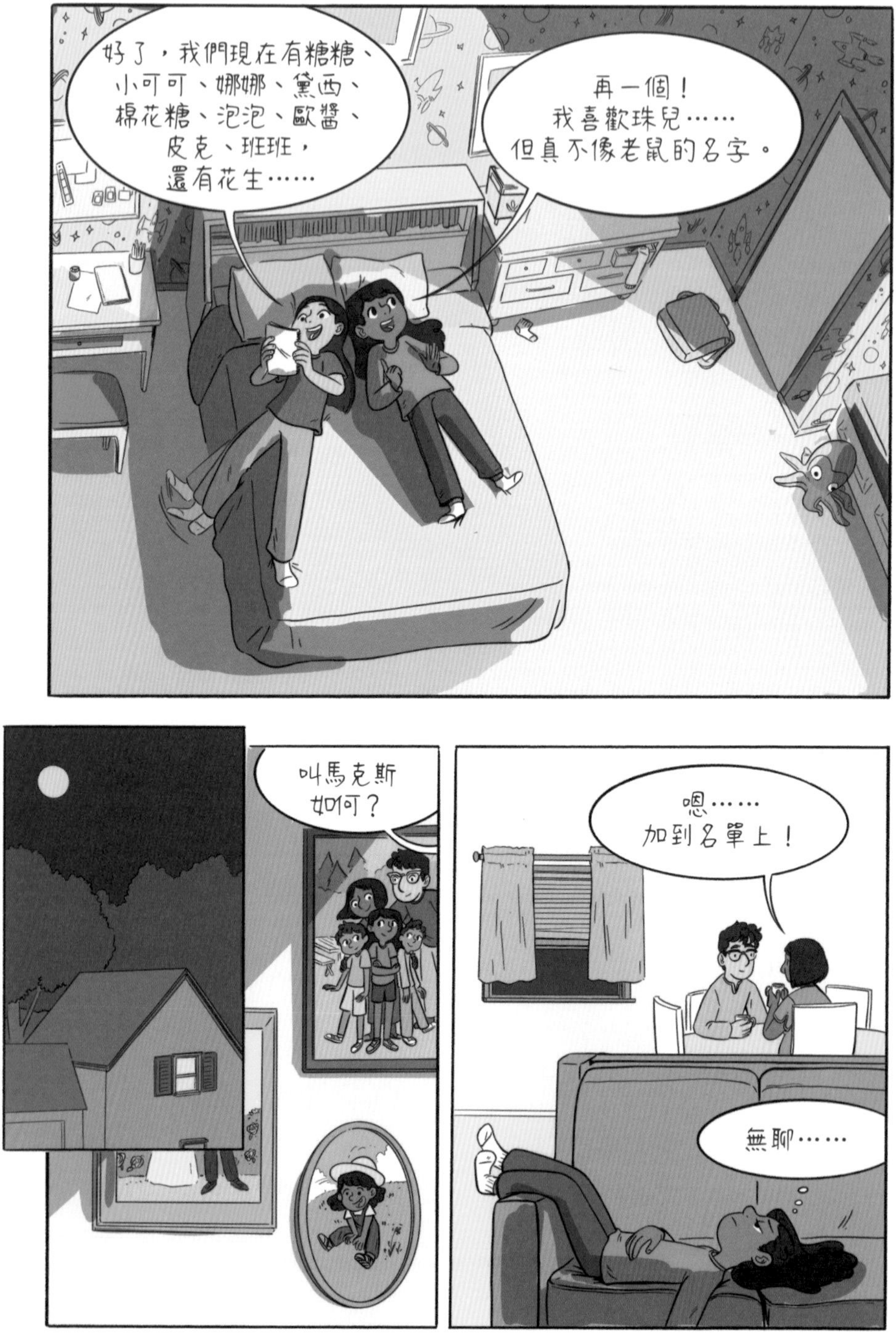
好了，我們現在有糖糖、小可可、娜娜、黛西、棉花糖、泡泡、歐醬、皮克、班班，還有花生……
再一個！我喜歡珠兒……但真不像老鼠的名字。
叫馬克斯如何？
嗯……加到名單上！
無聊……

我有一則
超奇怪的
過敏冷知識。
是什麼？
妳知道狗和貓有可能
對彼此過敏嗎？
什麼？
真假？
OCTOBER
15
16
17
22
23
24
好想抱尖尖！
明天快點來，
我要抱抱她和寶寶！

16
17
23
24
然而我起晚了……
早餐準備好了！
瑪姬？
滑開～
哇！
瑪姬？起床了嗎？
馬上來！
放學後見！
按
關上

再兩個禮拜。
相信嗎？真的，
小寶寶隨時可能到來。
可惜不是雙胞胎。
對啊！那我們就可以
一人抱一個。
聽到了嗎，寶貝？
聽到什麼？

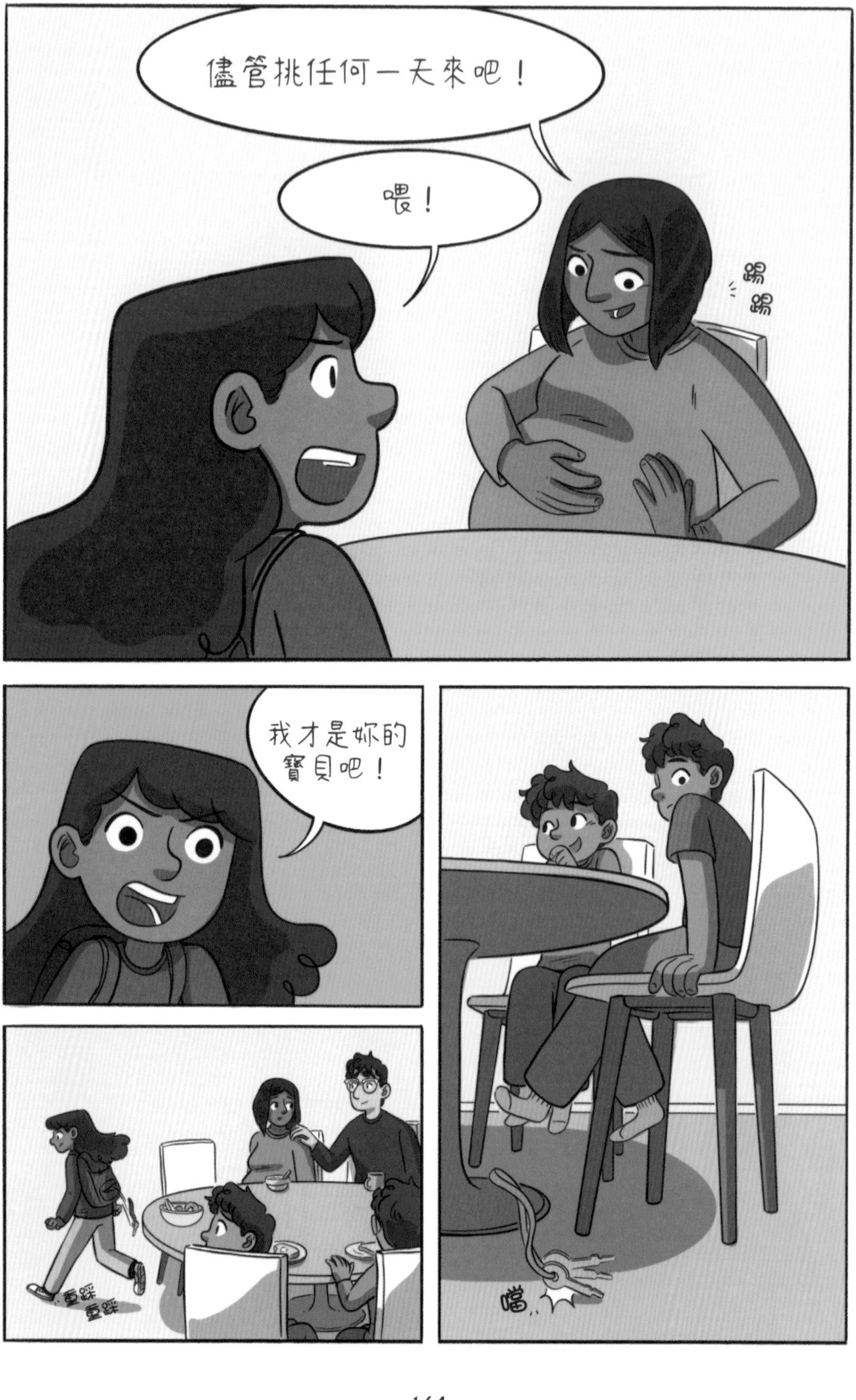
儘管挑任何一天來吧！
喂！
踢踢
我才是妳的寶貝吧！
重踩重踩
噹

不敢相信小寶寶
隨時要出生了！唉！
很酷啊，
我一直想要……
妳又沒跟雙胞胎
住在一起！
嗯哼……
那妳期待嗎？
另一群
寶寶？
超期待！
放學後趕快過來。
當然！！

敲敲
敲敲
妳知道人類的心臟每天跳十萬下嗎？
踏踏
踏踏
你說什麼？噢，很有趣……
哈哈哈哈哈哈啾！

你知道我偷偷養了一隻寵物鼠嗎？
難怪妳一直打噴嚏！拜託，妳會過敏大爆發。我不管多想吃蛋，都不能吃！
事實就是事實，妳無法比科學聰明！
別聽他的，妳愛我，我和寶寶也愛妳。這最重要。
噹噹噹噹！
跳起

雀躍雀躍雀躍
我回家放一下書包！
呼咻一
呼咻一
踏踏踏

快點、快點……
等不及了！
阿嬤！！！
瑪姬在她房間養了
12隻老鼠！

眨
眨
嘎啊啊啊啊啊啊啊！
哇啊啊啊！

第10章

都是妳的錯！
一開始是妳出的主意！
但、但是……
我會過敏，克萊兒！
不像妳一樣可以養狗。
不像妳，
總是得到所有
想要的！
我只是想
幫忙！
甩門
請勿
打擾
請敲門
泣
泣

我跟寵物店談過了，他們會收回全部的老鼠。
賣懷孕的老鼠給客人也太不負責任，更何況是賣給孩子！
當天晚上
是啊…可憐的女兒。
至少知道她反覆過敏的原因了。我之前一直好擔心。
我只是……希望能處理得更好。
她一直那麼喜歡動物……

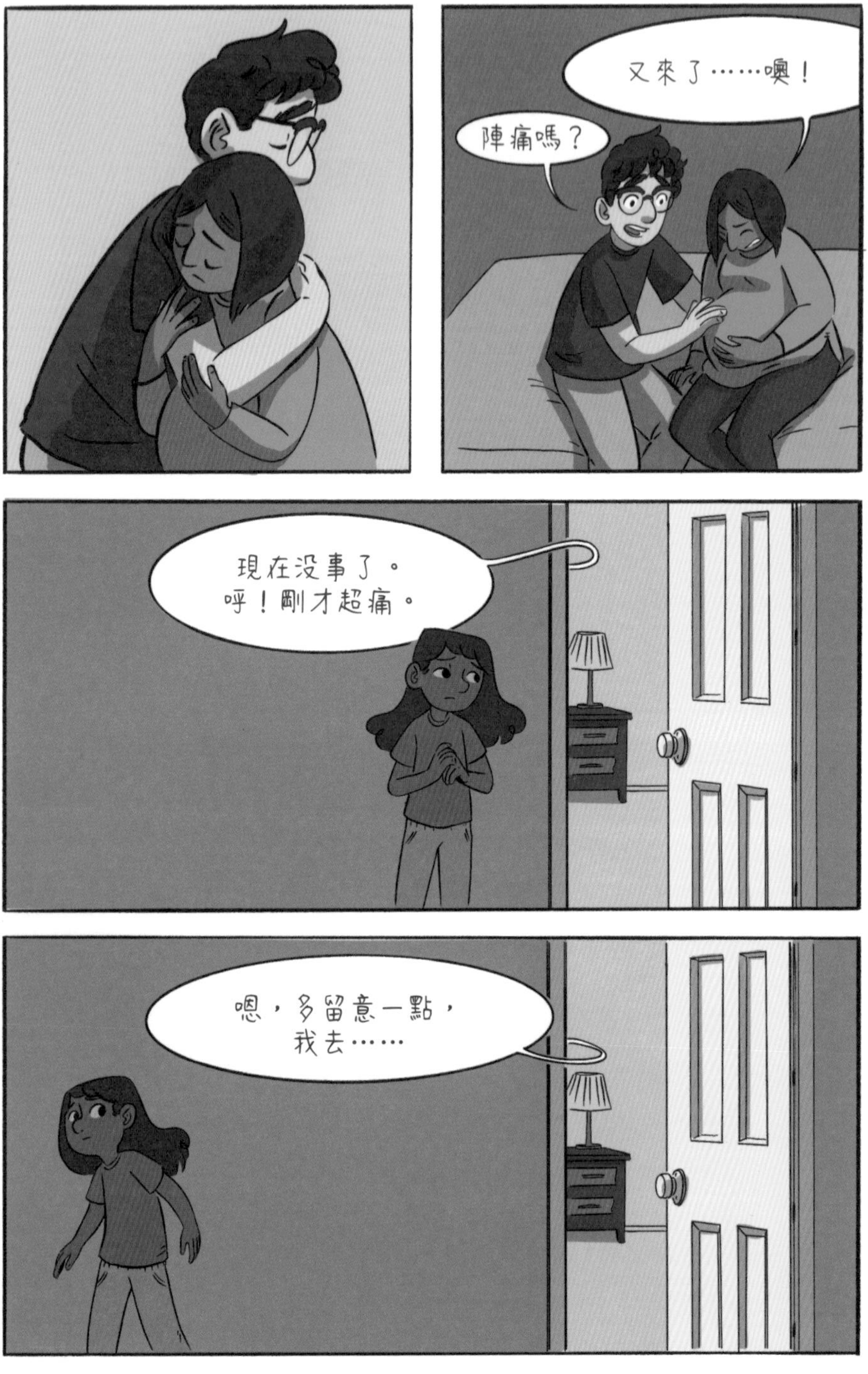
陣痛嗎？
又來了……噢！
現在沒事了。
呼！剛才超痛。
嗯，多留意一點，
我去……

滑開～
吱吱
再見了。
吱吱

再見了，尖尖、糖糖、小可可、娜娜、黛西、軟花糖、泡泡、歐醬、皮克、班班和花生。還有一隻，抱歉來不及幫你取名字。
嘆
照顧妳……是媽媽跟我的責任，也包括妳的健康。
你什麼都不懂！
孩子，我會努力了解……我也不希望這樣。

我只是……
什麼？
我只是想要一隻愛我的寵物！
你和媽媽擁有彼此和小寶寶，
諾亞和連恩是雙胞胎！
我是自己一個，什麼都沒有。
但是……

聽起來
真令人沮喪。
我只知道，
妳是這個家的一分子，
我們不能沒有妳。
抱緊
幸好我不會對
人類過敏。

當然不會！妳和小寶寶會處得很好。雙胞胎出生的時候，妳幫了好多忙。
有嗎？
有啊。扶他們學走路、幫忙丟尿布、撿地上的奶嘴……
妳真的很貼心。
好了，儘管我不想這麼做，但寵物店快打烊了，該送小老鼠回去了。
我無法忍受再次道別。

喀

啜泣
啜泣
為什麼令我這麼開心的事物，
會讓我過敏這麼嚴重？真沒道理。

隔天早上
砰！
咚！
噢！
妳在這裡啊！
妳猜？妳猜？
猜猜看？
走開啦！

阿嬤要過來了，
小寶寶今天可能會出生！
砰！
噢嗚
我說走開！
提早了十三天！

親愛的姊姊，
ㄉㄠˇ鼠的事，
ㄉㄨㄟˋ不起 說
十億次。我們愛妳!
啊哈，
字有點可愛……
真是小叛徒。

我不想要妳不在家。
拉
我知道……
我很快就回來。
可是一切將會不一樣。
妳不知道……也許會變得更好。
最好是！

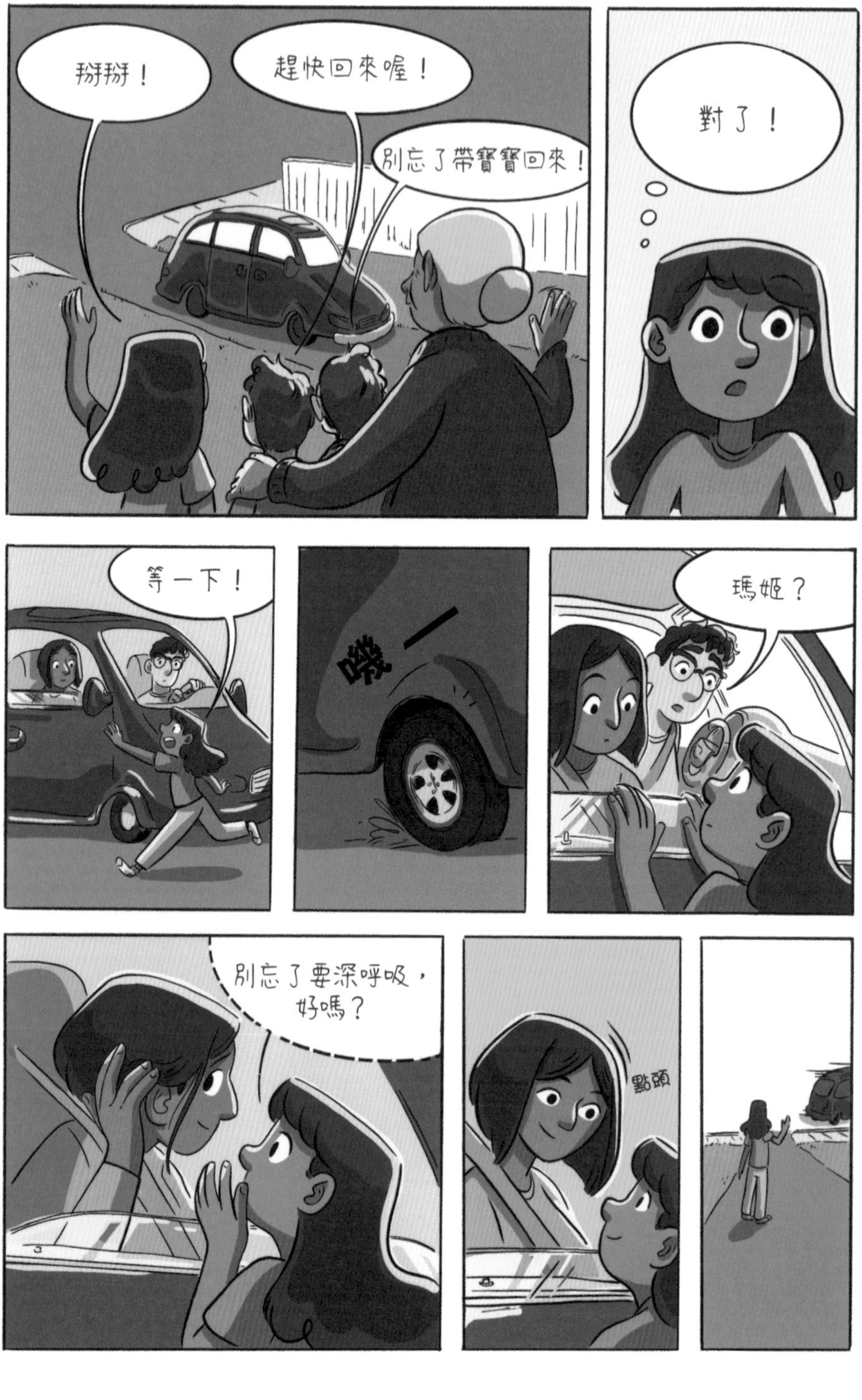
掰掰！
趕快回來喔！
別忘了帶寶寶回來！
對了！
等一下！
嘰—
瑪姬？
別忘了要深呼吸，好嗎？
點頭

阿嬤！
諾亞用手肘撞我。
阿嬤！
連恩用肋骨戳我手肘。
你們的肋骨和手肘
需要學習好好相處。
要是發生意外呢？
要是媽媽出了什麼事呢？

瑪姬？哈囉？
還醒著嗎？
什麼？
專心點！
抱歉，
你剛說什麼？
鈴鈴鈴鈴

鈴鈴鈴鈴
嗯……好，
謝謝通知。
一切都好，只是比
預期的慢一些…
明天早上起床，
應該就會聽到
好消息了。

第11章

一隻羊、兩隻羊、
三隻羊、四隻羊……
五隻羊、六隻羊、
七……
寶……寶!
咩!
寶寶!寶寶!
咩!
走開!我會過敏!
啜泣
啜泣

什麼聲音？
啜泣
啜泣
啜泣
啜泣 啜泣
啜泣 啜泣
諾亞和
連恩的房間

喀！
噢！
哭
哭
哭

怎麼了？
我想要媽媽和爸爸！
噓！別吵醒諾亞。
流淚
流淚
要去找阿嬤嗎？
緊抱
不要！不要走掉！！
我在這裡待一下，你就會安靜睡覺嗎？
點頭
點頭

嘎

不要走掉！！
我很快就回來……
不要走！
你小聲點，
我就留下來。
拉上
你看！
開心了吧？
拉

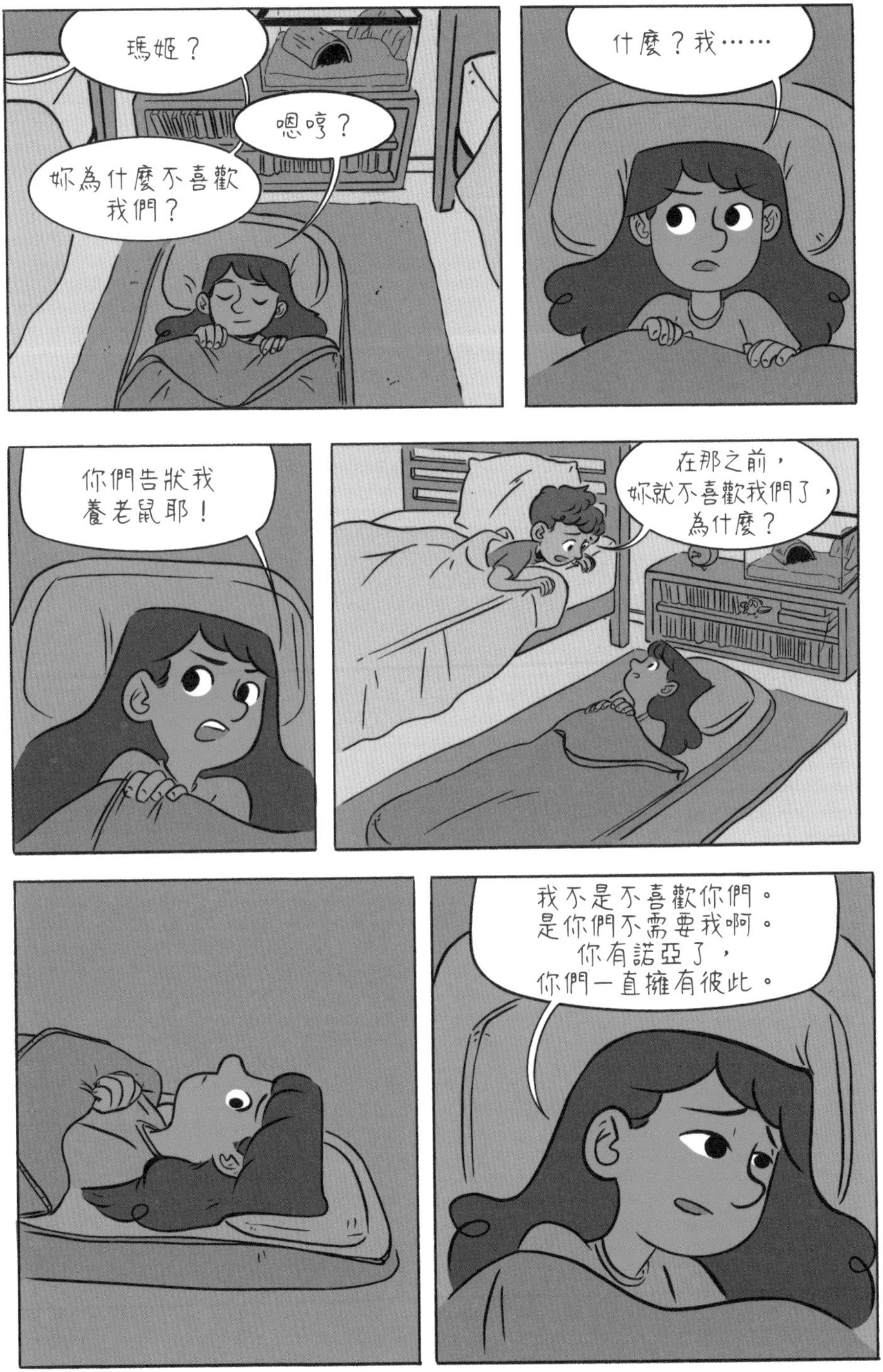
瑪姬？
嗯哼？
妳為什麼不喜歡我們？
什麼？我……
你們告狀我養老鼠耶！
在那之前，妳就不喜歡我們了，為什麼？
我不是不喜歡你們。是你們不需要我啊。你有諾亞了，你們一直擁有彼此。

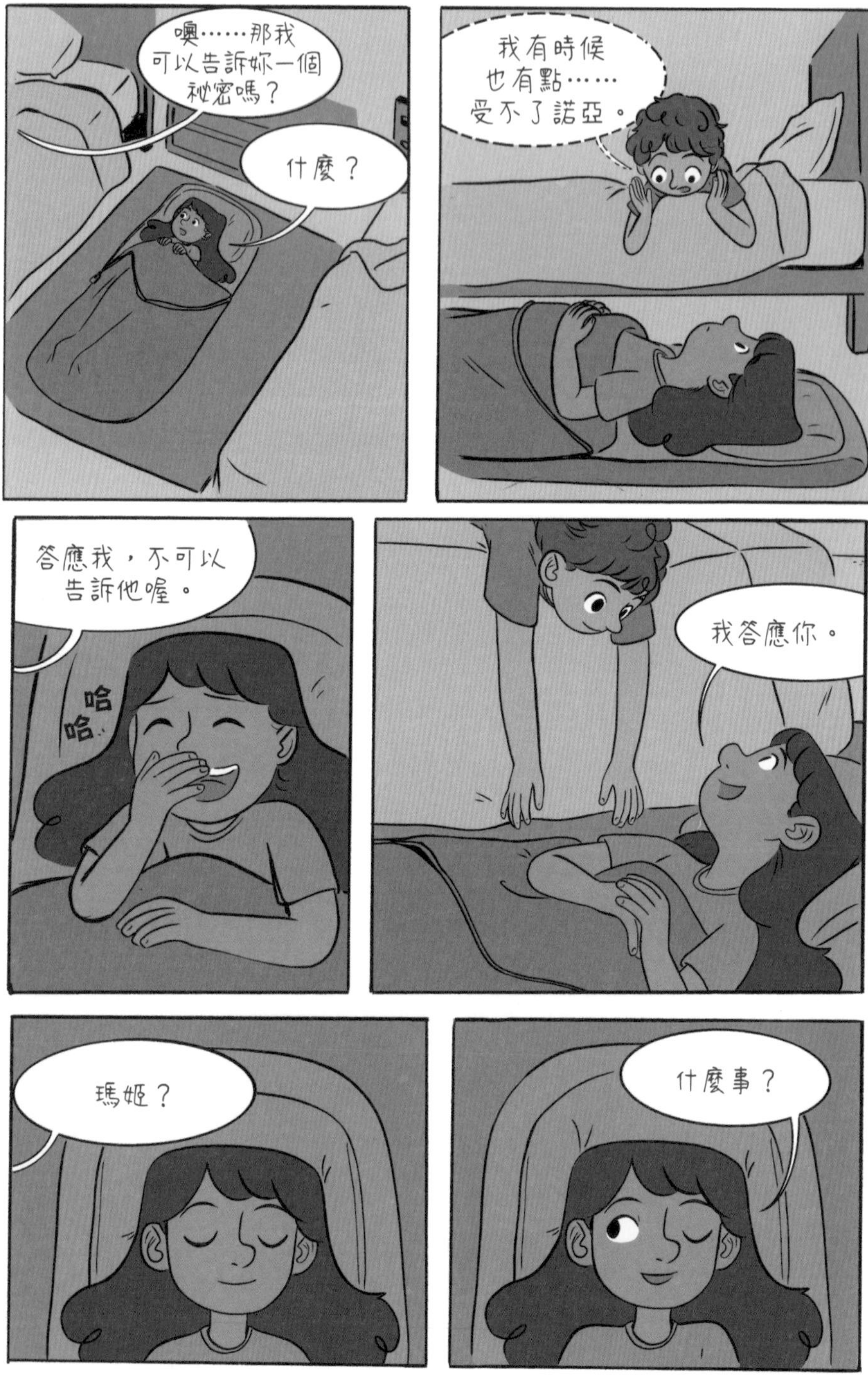
噢……那我可以告訴妳一個祕密嗎？
什麼？
我有時候也有點……受不了諾亞。
答應我，不可以告訴他喔。
哈哈
我答應你。
瑪姬？
什麼事？

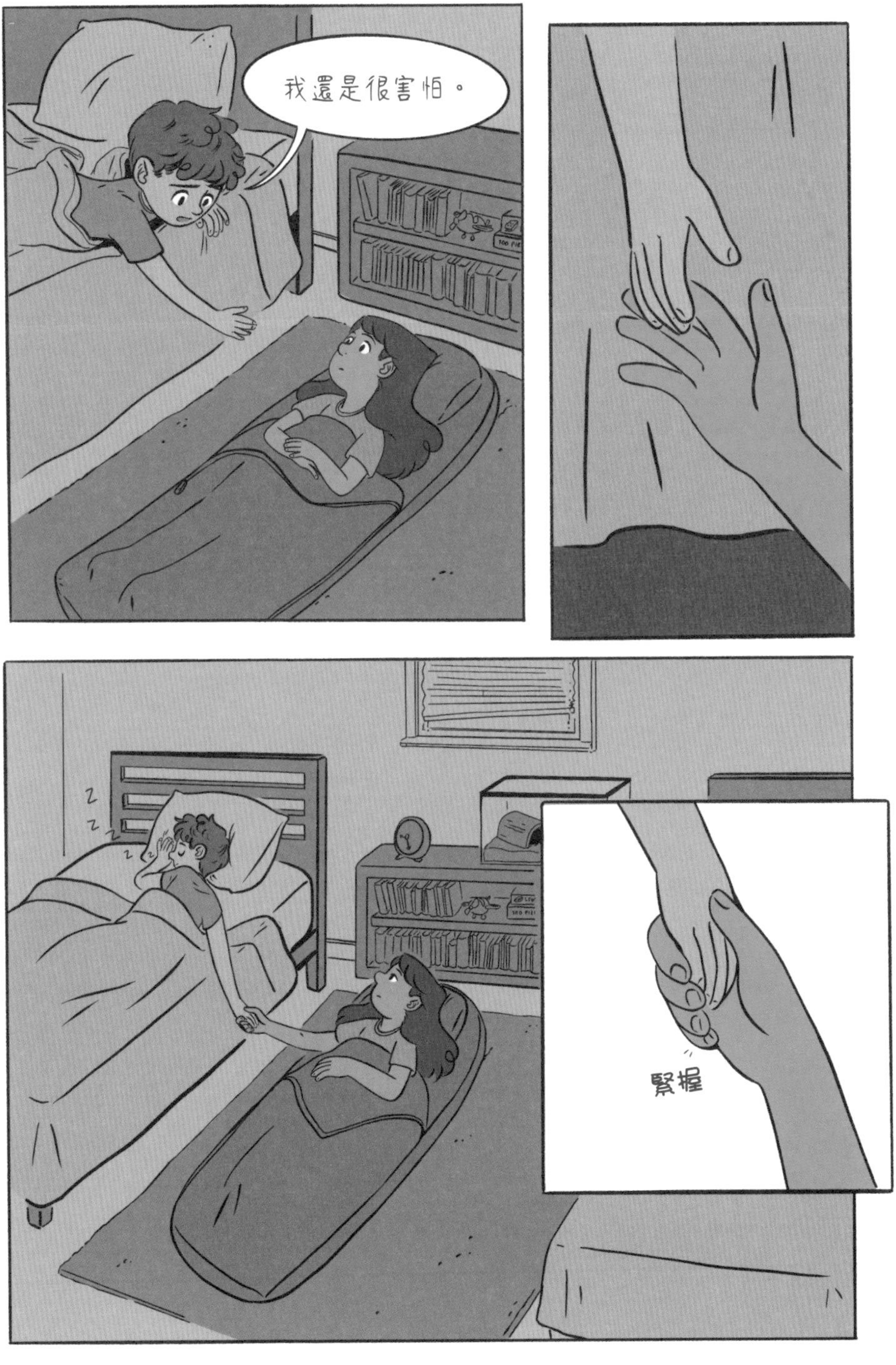
我還是很害怕。
緊握

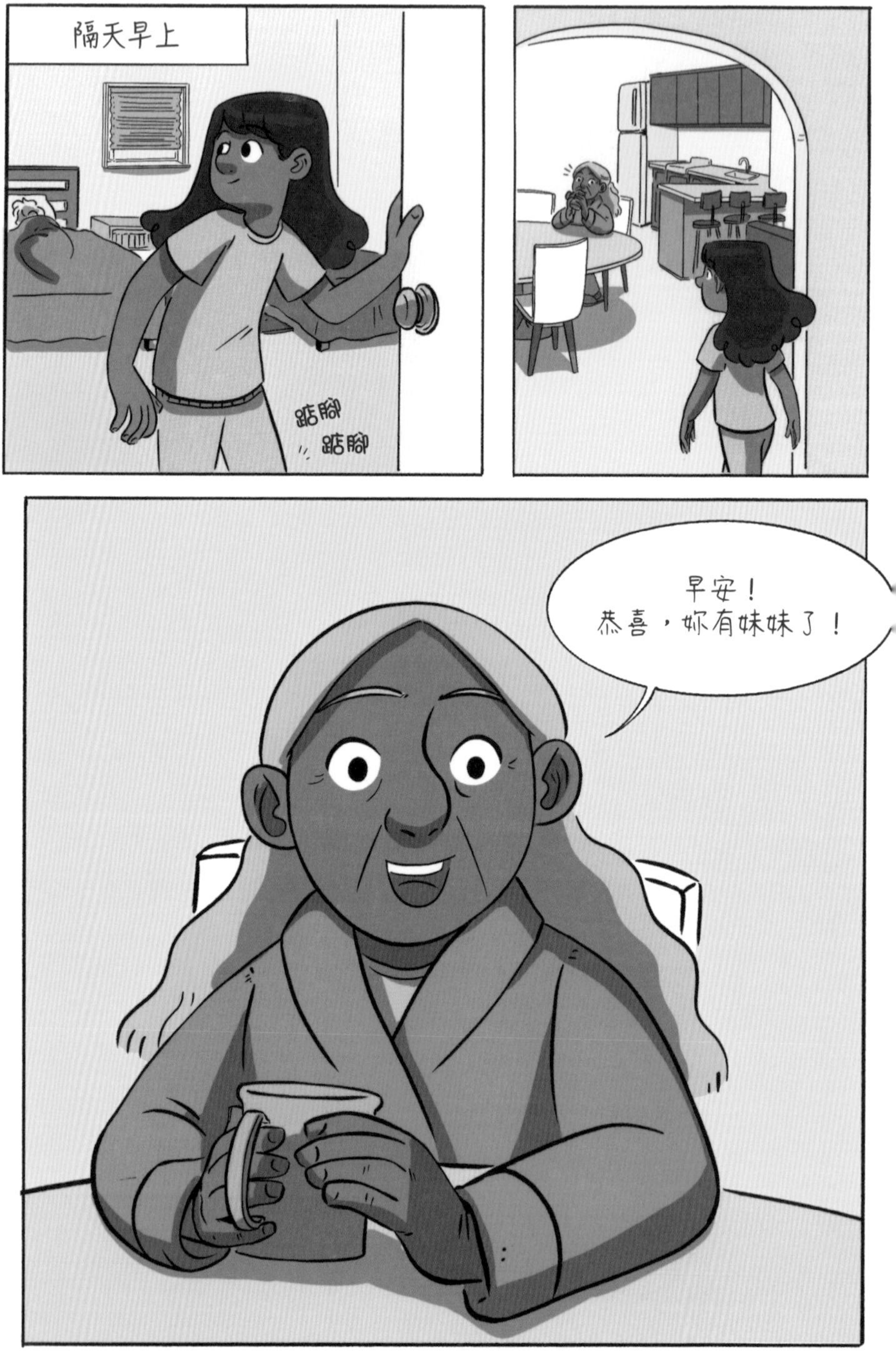
隔天早上
踮腳
踮腳
早安！
恭喜，妳有妹妹了！

妹妹?!
昨天晚上
十一點出生。
要看照片嗎?
滑
呼!
還沒取名字,
我們最好趕快腦力
激盪一下。
那我們可以去看爸爸
媽媽了嗎?
幾小時後就出發,
先讓妳媽和小寶寶
好好睡個覺。

是個女孩喔！
看起來像個老太婆！
對，很像阿嬤耶！
她很漂亮好嘛!
我肚子餓了！

有麥片和冷凍的格子鬆餅。
希望爸爸在家，他做的早餐最棒了。
生日快樂！來點鬆餅嗎？
我們可以自己做呀……一起做生日鬆餅？就當成小寶寶的生日蛋糕吧。

完成！
換我！
做得很好！
翻面

叮咚！
我去開門。
嘴巴張開！
搖
咻
咻
瑪姬，
妳的朋友來了。

呃……
嗯……
關於小老鼠，我很抱歉。我不知道妳過敏這麼嚴重……
沒關係，老鼠都送回去了。
我知道，都是因為我的主意。
不全是妳的錯。我不該亂發脾氣。
我們還是朋友嗎？
當然！我們是朋友。

我們可以叫寶寶……
小鬆餅。
或是小小阿嬤！
或是小鮮奶油！

哈 哈 哈 哈 哈 哈 哈

不敢相信
小寶寶出生了！
我一直想要弟弟或妹妹，
而妳現在有三個了。
妳真幸運！
我很幸運……
有個像妳這樣的
朋友！
對了！

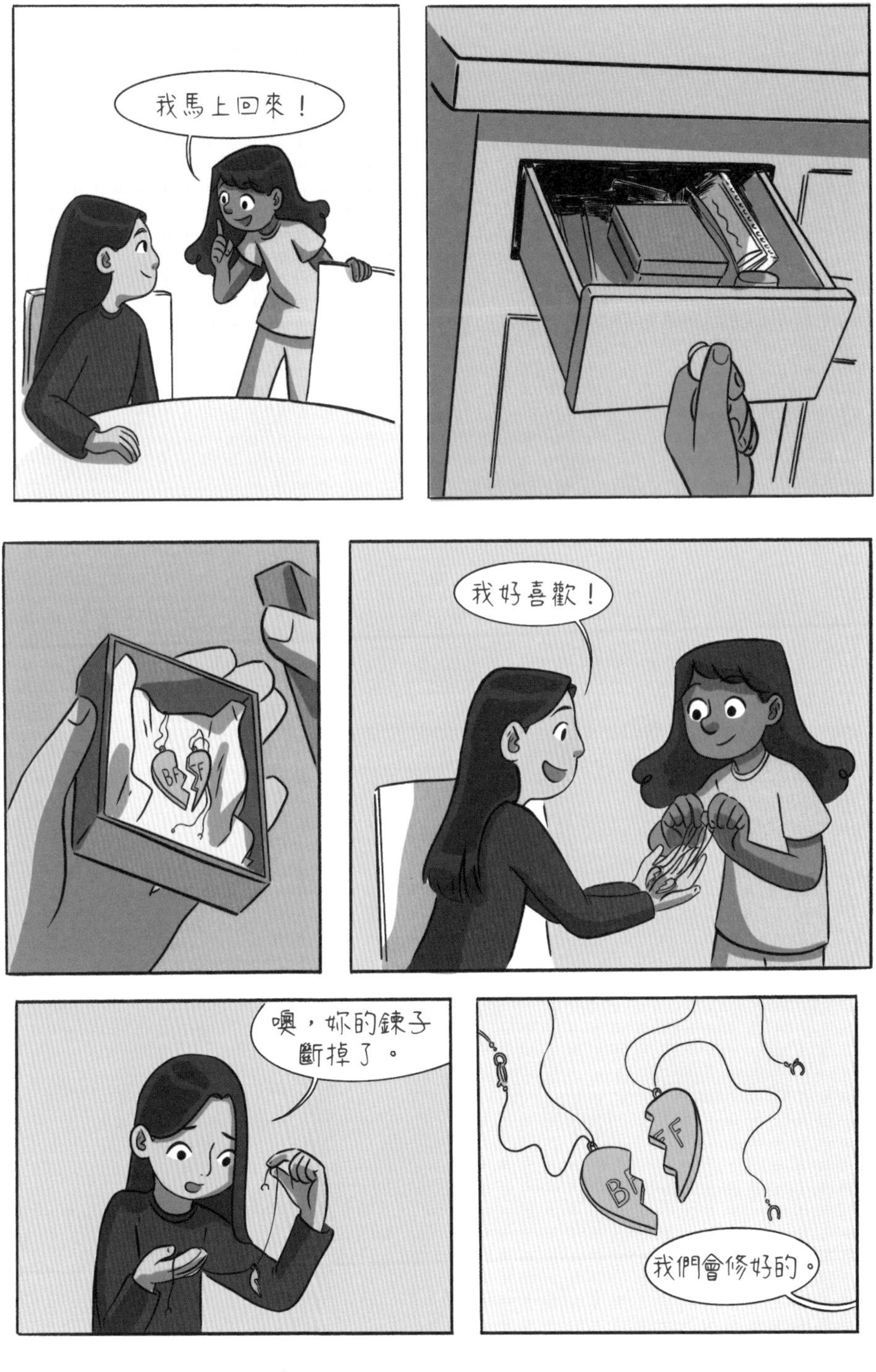
我馬上回來！
我好喜歡！
噢，妳的鍊子斷掉了。
BFF
我們會修好的。

第12章

樓層指引
影像醫學部　2樓
婦產科病房　3樓

怦怦
怦怦
怦怦
怦怦
叮
怦怦
怦怦
怦怦

要是我真的
對……
小寶寶過敏
該怎麼辦？
快過來啊，
瑪姬寶貝！

哪一間？
304號房。
我們走吧！
要用走的！
304

深呼吸……
吐氣……

小心點，你們兩個！
我最愛的瑪姬，
今天好嗎？
咻
快去洗手，
就可以抱寶寶
囉。
抱她？萬一弄傷
她怎麼辦？

我要抱！
我也要抱！
我已經跟瑪姬說了，她第一個抱。
我好想妳！
快去洗手！
我也好想妳，寶貝。
妳應該生三胞胎，我們就可以一人抱一個。
對啊！
你們兩個也要洗手。

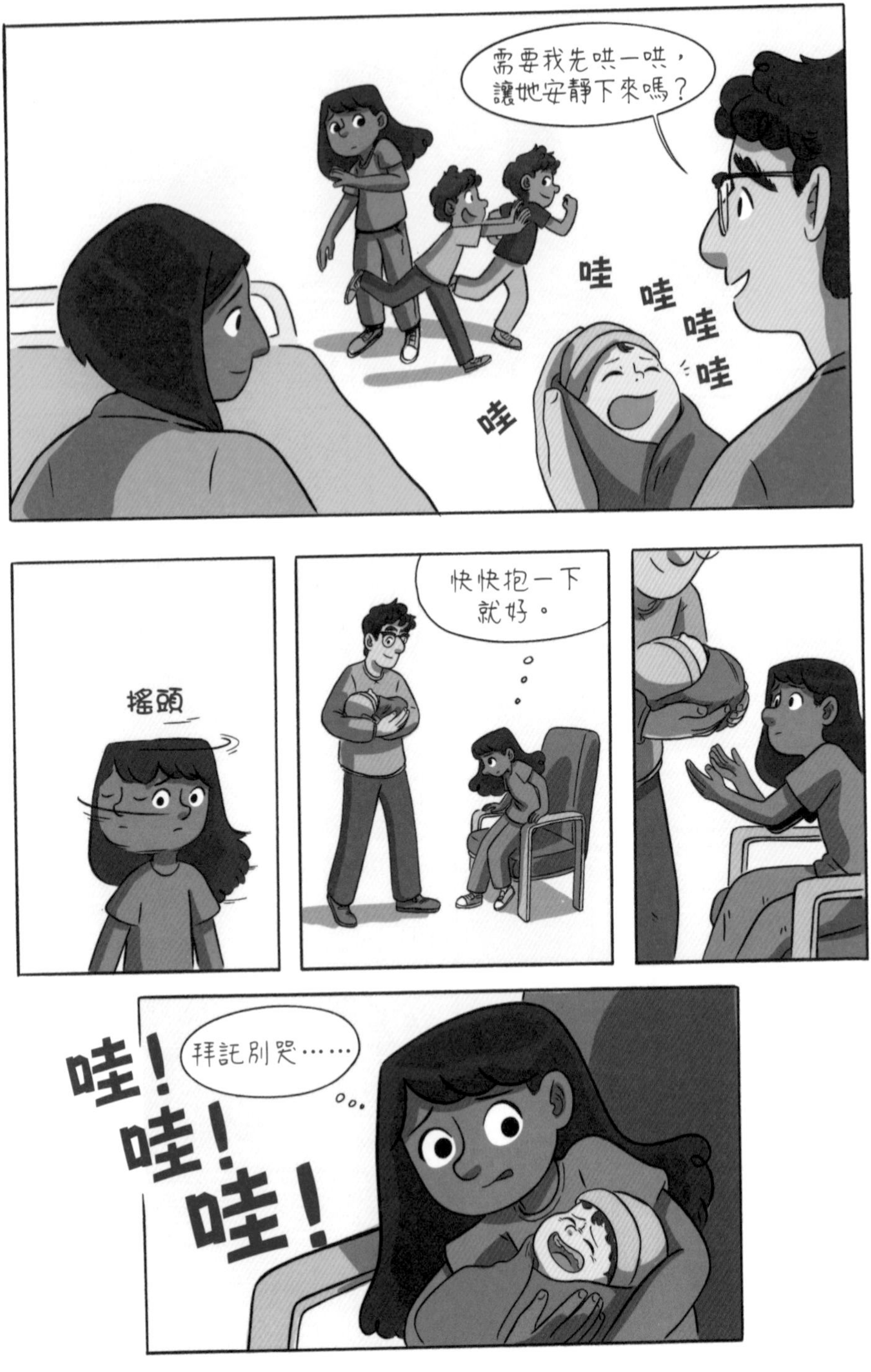
需要我先哄一哄，
讓她安靜下來嗎？
哇
哇
哇
哇
哇
搖頭
快快抱一下
就好。
拜託別哭……
哇！
哇！
哇！

哇！哇！
哇！
哇！
哇！
來吧，
小尖尖好乖。
嘿……小寶寶，
好乖好乖。
哇！

哇！
哇！
緊握

噢，妳是全世界最棒的小寶寶。
真的，妳就是！

噢！
噢！
我們應該叫她珠兒！
嗯⋯⋯珠兒。
我喜歡這個名字。

第13章

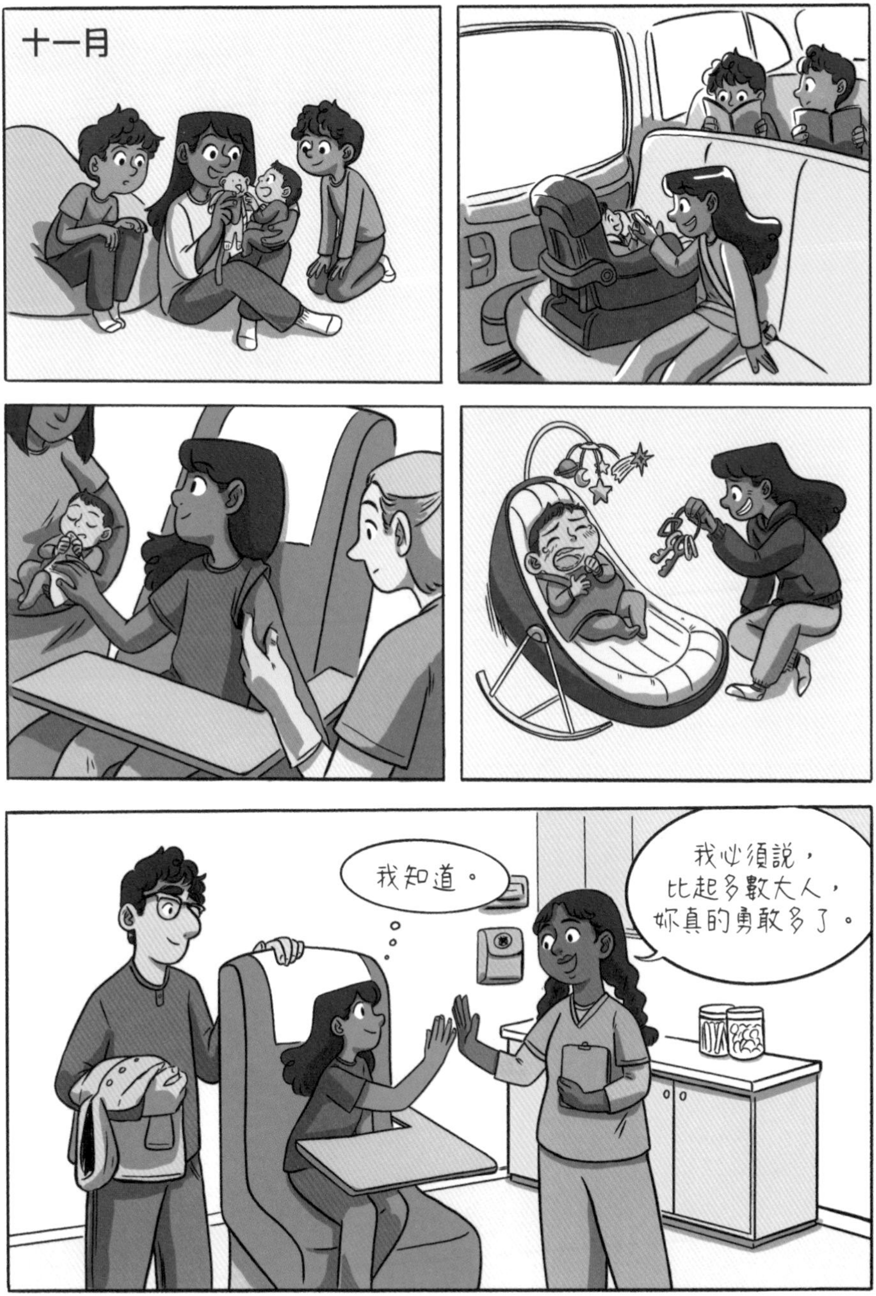
十一月
我必須說，比起多數大人，妳真的勇敢多了。
我知道。

十二月

記得我爸之前答應要改造後院小屋嗎？這個寒假終於要開工了！
我會讓Lucky待在小屋外面，這樣我們就可以一起待在裡面玩。
真的嗎？
汪汪

一月

二月

祝你生日快樂！
祝你生日快樂……
哇！
噢！哇！
可以現在
打開嗎？

三月

太好了！增強免疫系統的
針劑已經打完了，
接下來不用每個禮拜打針，
每個月打一次維持劑就好。
恭喜妳！

四月

五月

六月

完成！
哈 哈 哈
完成！

逃
逃
明天可以去水族館嗎？
我不要。
我們要在海邊玩！
那我明天帶雙胞胎來海邊，讓他們兩個多消耗點體力……
好啊。那明天我帶瑪姬、珠兒去水族館。

摸起來好光滑！
真開心我不會對牠們過敏。
好像絲綢。
那真好。
咯咯
哈哈哈

這裡好酷！
珠兒也這麼覺得。
酷！
妳看！

好可愛喔！

真開心我們來這裡玩……
瑪姬，妳總是有滿滿的好點子。
謝謝媽咪！

媽咪？
嗯？
哪種科學家
會研究海洋動物？
海洋生物學家。

那就是我長大後想要做的，當個海洋生物學家！

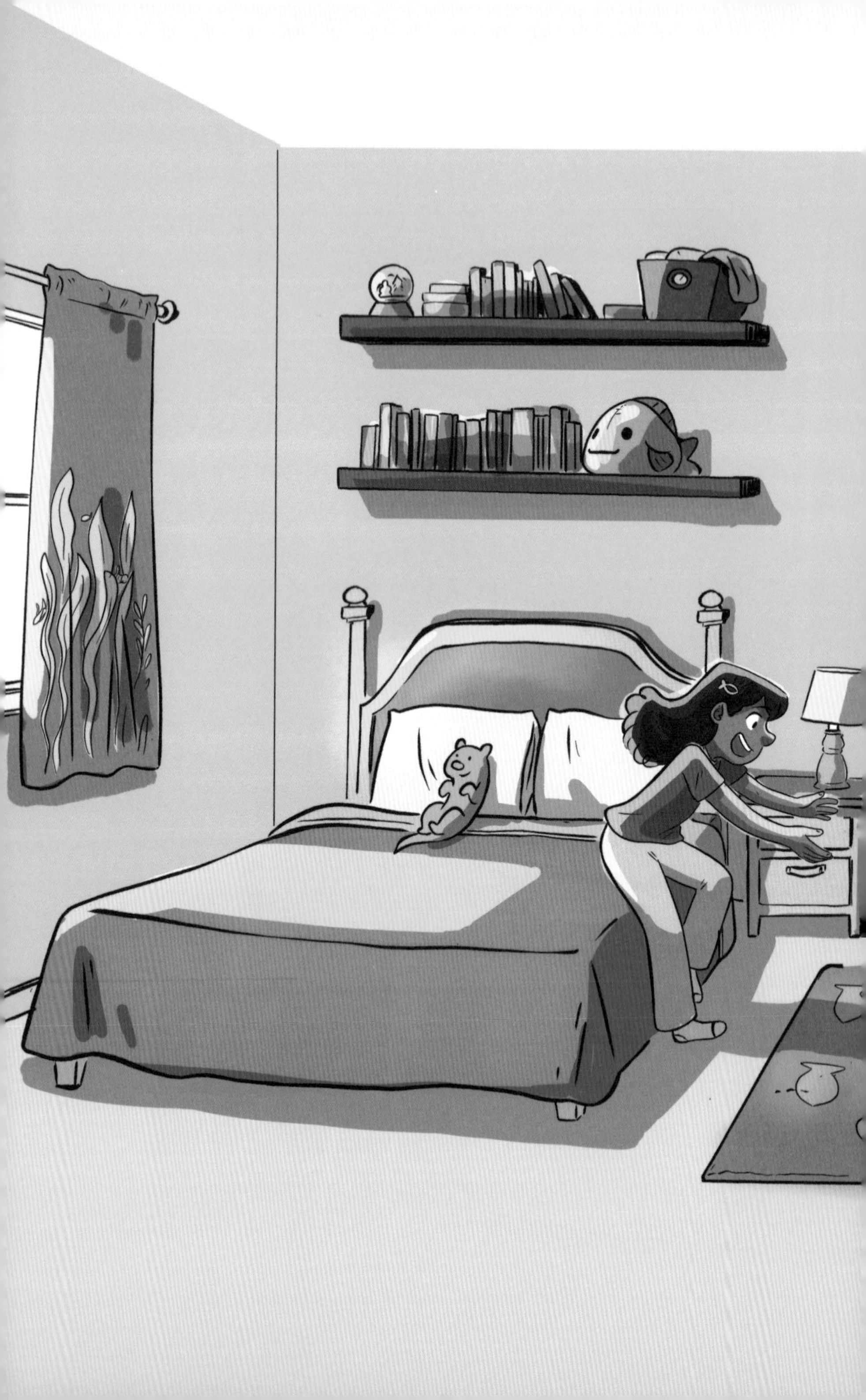

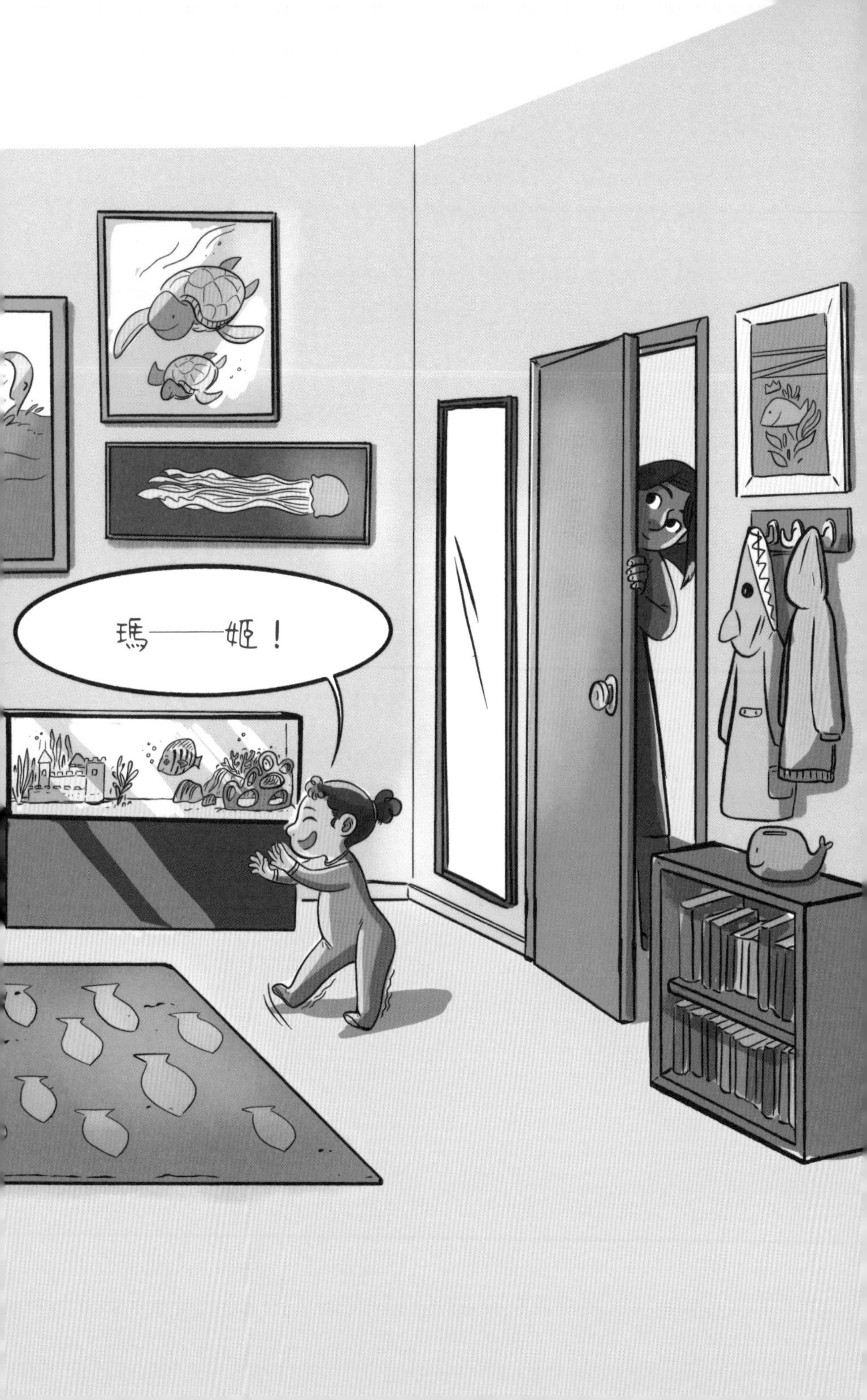
瑪——姬！